仮　縫

有吉佐和子

集英社文庫

目次

仮縫

清家隆子《せいけりゅうこ》が松平ユキからスカウトされたのは、彼女がまだ戸田洋裁学院に在学中のことである。高校を出るとすぐ戸田洋裁に入ったので、それから三年たって本科からそろそろ研究科に移ろうかと考えていた頃であった。

カクテルドレスや夜会服などの専科にも首を突っ込んでいたので、その担任教師である村井先生から、ある日のこと授業の後で呼ばれて、

「松平さんから、あなたが欲しいって云《い》って来たのよ。どうなさる？」

と訊《き》かれたとき、隆子には咄嗟《とっさ》に松平さんが誰のことか見当がつかず、

「あの、なんのことでしょうか」

ポカンとして訊き返したものだ。

「縁談でないことだけは確かかね」

村井先生はニヤニヤした。彼女は終戦後離婚してから戸田洋裁の教師になった女だから、適齢期の娘たちが花嫁修業の一つとして学校に通ってくることに対しては、かなり

皮肉な態度をとっていたのである。

隆子の方でもまさか村井先生の口から縁談が持出されるとは考えていなかったけれども、それにしても松平さんといきなり云われても分らないことはどうにも仕方がなかった。

「松平ユキよ」

「はあ」

「オートクーチュールって知ってるでしょう？」

「ええ、高級洋裁店のことでしょう、パリの」

「それが日本にもあるのよ、たった一軒だけね」

「たった一軒？」

「と、松平さんは云っているの」

村井先生の嫌味な云い廻《まわ》しには慣れていたが、こう云われてみると隆子は自分の心の中で好奇心が急にふくらんで来るのが感じられた。

「そのお店、どこにあるんですか？」

「麻布よ。霞町《かすみちょう》の根津さんのお邸《やしき》のすぐ傍《そば》にあるの」

「ちっとも知りませんでしたけど、有名なんですか」

「それはもう大変に有名だわ。でも松平さんは有名でないところが御自慢なのよ」

村井先生は、またわけの分らないことを云って、隆子の興味を掻《か》き立てるのだ。

「なんていうお店なんですか？」

「オートクーチュール・パルファン」

「パルファン？」

「匂《にお》いとか香りとかいうフランス語よ」

「ああ」

その名前をきいただけで、隆子の目の前には仄《ほの》かなフランス香水の匂いが立ちこめる贅沢《ぜいたく》な洋装店が描き出されていた。

が、すぐ疑問が湧《わ》いた。

「なぜ私を御存知なんですか？」

「松平さんはこの一ヵ月の間に何度も来て、あなたの作品や授業中の態度を充分に見ていたのよ」

「ちっとも知りませんでした」

「そうでしょうね。調べていたのはあなただけじゃなかったし、松平さんというのは小柄で地味な目だつ人じゃないから」

「どんな方ですか？」

「会ってご覧なさいよ」

「え？」

「院長先生が、そのことで、あなたに明日の午後二時、院長室へ来るようにって仰言《おつしや》ってるのよ」

隆子は茫然《ぼうぜん》としていた。何気なく始められた村井先生の話が、実はもう大層進展しているものだったということがようやく此処《ここ》まで来て分ったからである。

全校生徒総数二万人と称せられている戸田洋裁学院で、院長の戸田もと子に会うことのできる生徒の数はごく限られていた。日本洋裁界の元老格である戸田先生が、じきじきにその件について隆子に会うと仰言っているというのだ。

松平ユキについての知識は全く持っていなかっただけに、隆子はそれから翌日の午後二時になるまでの間に、オートクーチュール・パルファンと松平ユキについて、自分にできるだけの調査はしようと考えた。向うも私の知らない間に私を調べて作品まで手にとって見たというのだから、自分だってやって悪いことはないと思った。

村井先生と別れるとすぐ、立体裁断の授業はサボルことにして、隆子は新宿から地下鉄で赤坂見附《あかさかみつけ》まで出ると、そこから都電に乗換えて霞町の停留所に降りた。「パルファン」の見当としては村井先生の云った「霞町の根津さんのお邸の近く」というのだけが頼りである。根津さんのお邸というのは、根津だれそれの家のことか二十二歳の隆子の知るところではなかったけれども、霞町に出て、それから聞けば分るだろうとタカをくくっていた。根津邸が分らなくても、「オートクーチュール・パルファン」でも、松平ユキでも分るのではないか。何しろ戸田院長先生が、わざわざ私を呼ぶくらいなのだから——と隆子は考えていたのだった。

霞町の停留所で降りると直《す》ぐのところに、数軒の商店が並んでいたので、その中の果物屋に隆子は入って行った。

「ちょっと伺いますが、このへんで、根津さんという家はどこにありますか？」

「根津さん？」

店員らしい少年は怪訝《けげん》な顔をした。

「ええ。根津さんのお邸です」

オヤシキなどという言葉は隆子の使いなれない言葉だったけれども、こんな場所ではその方が通るかと思って云い直したのだが、店員は首を捻《ひね》ってから、奥で伊予柑《いよかん》を撰《よ》り分けている主人に訊いた。

「根津さんという家は、この辺りにありますかあ？」

隆子も声をあげて、

「霞町で根津さんと云えば分るように聞いてきたんですけど」

と云うと、

「根津美術館のことですよ、それなら」

主人は肯《うなず》いてから云った。

「あそこは元は確かに根津さんのお邸だったんだから」

「その近所にパルファンって洋装店がありますか？」

「さあ、聞きませんねェ」

「じゃあ、松平ユキという人の家は」

「この辺は松平という家はどうかな。交番できいた方が早いんじゃないですか」

確かに交番で訊くというのが一番利口で早道なやり方に違いなかったが、隆子の気持には最も相応《ふさわ》しくない方法であった。果物屋がパルファンも松平ユキも知らなかったのは悲観だけれども、ともかく根津邸は分ったのだから、主人が指で示した方角に、隆子は踵《かかと》の低い靴をはいているままに勢よく歩き出していた。

根津嘉一郎《かいちろう》がどういう富豪であったのか。彼が財にあかしてどのくらい豪華な美術品を蒐集《しゅうしゅう》していたのか。そんな知識は若い隆子には縁のないことであったから、根津美術館という看板の下った門の前に立ったときの隆子の失望は大きかった。鬱蒼《うっそう》とした門の奥を見ると、苔生《こけむ》した庭や黴臭《かびくさ》い古美術がひどく不気味な塊《かたま》りになって襲いかかってくるようで隆子は、まず嫌ァな気がしてしまった。

だけど、目的はこんなところじゃなかったんだ……。

隆子はすぐ気をとり直した。オーバーの衿《えり》を立て直して、隆子はともかく根津美術館の外側を一廻りするうちにはパルファンが見つかる筈《はず》だと気持も立て直した。片手に提げたラフな大きなハンドバッグをぶらンぶらンと振り廻しながら、隆子は歩き出し、途中で立止まってポケットからチューインガムを取出すと、またぶらンぶらンとバッグを振って歩き続けた。

しかし、旧根津邸の外側を一周するのにはかなりの時間が必要だった。オヤシキというものが、こんなに莫迦莫迦《ばかばか》しく長い塀で囲まれているものだとは隆子は今までに遂《つい》に考えたこともなかったのである。歩けども歩けども、古びた高い塀は終らなかった。いつ見上げても塀の上からは決して若くない樹の枝が、瘤《こぶ》をつけて折れ曲ってそれに枯草をこびりつかせていたり、それでなければ黝《くろず》んだ緑を幽《かす》かに揺って隆子を脅《おびや》かした。

目的は根津邸ではなかったのに、村井先生がそう云ったばかりに、こんなお化け屋敷を一廻りしなければならなくなったのだと思うと、忌々《いまいま》しかった。根津美術館なんぞに私は用がなかったのだ。いったいオートクーチュール・パルファンは何処《どこ》にあるというのだろう。高級洋装の店ならば、何故《なぜ》銀座ぐらいに店を張らないのだろう。

松平ユキは有名な人だけれども、有名でないことが彼女の誇りなのだ……と村井先生は謎《なぞ》のような言葉を隆子の耳に残していたが、その謎は歩き廻り探し廻るほどに深くなって行く。

根津邸の周囲には、戦前からの古びた邸宅が昔のままで命断えたように暗く残っているのと、また対照的に明るくモダンな近代建築とが、まず半分半分の比率で建ち並んでいた。しかしどちらも特徴として云えることは、まだこの辺りには流行のアパート建築は始まっていないということであった。古い家も新しい家も、敷地は充分にとってあり、申し合わせたようにガレージをつけているように見えた。普通の会社員の家庭に育って、公立の小学、中学から高校を卒業した隆子にとっては、今まで全くといっていい程こういう家に住む人たちとは接したことがなかった。考えてみたこともなかったのに、松平ユキの家を探すことになって、隆子は自分の全く知らない世界がこの世の中にあったのだという発見を、知らず識《し》らずの内にしていたようである。

古びた家も、新しい家も、外国人が住んでいるのが目立った。白いペンキ塗りの板に黒で英文字を並べてあったり、片仮名で「ジャクソン」とか「マクスウェル」などという表札を出している家もあるのは奇妙な風景でもあった。

隆子が松平ユキの住居をようやく発見したのは、パルファンを探そうという意欲が薄れてしまった頃だった。ふと低い煉瓦塀《れんがべい》の向うに瀟洒《しょうしゃ》な白亜の二階建ての家が目につき、真紅に塗ったドアが中から開くと、開けたのは背の高い青年で、その脇《わき》をかすめるように颯爽《さっそう》と純白のスーツにパステルカラーのミンクのストールを羽織った女性が現れ、その前に滑り出た大型の外車に乗りこむと、青年を見返るでもなければ、運転手に口をきいた様子もなく、車は無表情に動き出して、立っている隆子の前を殆《ほとん》ど音も立てずに通り過ぎて行ってしまったのだ。

後に残った青年は、車が門に出るまでは立っていたが、会釈するわけでもなければ、といって行儀の悪いところは何処にもなかった。

隆子が目を止めたのは、パステル・ミンクのストールや白い冬のスーツや大型高級車ではなくて、あるいは此《こ》の青年の方が先だったかもしれない。

彼は、車が行ってしまうと、ズボンのポケットに両手を突っこみ、しばらく戸外の空気を吸っていた。そうして楽な姿勢になると急にチャコールグレーの背広が、長身の彼に大変よく似合っていることが分った。

色白で、横顔も二枚目俳優のように整って美しかった。

土曜でも日曜でもないのに、こんな時間に家の中にいて、女客を送り出したあと所在なげにしている青年などが、こんな忙しい東京の中に生きているとは隆子には信じられないような気がした。いったい彼は何者なのだろう。どういう家の息子なのだろう――。

隆子は、近頃の娘気質《かたぎ》からいって平凡な娘だった。人より一倍好奇心が強いわけでもなければ、マンハントという言葉は知っていても、実行に移す気など起りっこない型の女の子である。しかし、この場合、その青年のいる家のすぐ傍にいて、そのまま通りすぎる気にはなれなかった。隆子は根津美術館を背後にして通りを渡ると、まっ直ぐその家の門に向って歩いて行った。そして、途中で足がすくんだ。

赤煉瓦の塀の端にはめこんである白いタイルには、YUKI MATSUDAIRAという横文字が黒く鮮やかに隆子の目に飛込んで来たからであった。

これが松平ユキの家だったのだ——。この家がオートクーチュール・パルファンだったのだ——。

隆子は呼吸を忘れて、しばらく茫然としながら、ようやく塀の向うに目を送った。

だが青年の姿はもう消えていた。白い壁に一つだけの彩りである真紅のドアは、閉ざされていた。そこには崩した書体で小さく、いかにも瀟洒な金文字がHaute Couture《オートクーチュール》 Parfum《パルファン》と二段にずらして浮き彫りにされてあった。

翌日の午後二時。

隆子は戸田洋裁の本館七階にある院長室のドアをノックしていた。院長先生の秘書が、内側からドアを開けにくるまでの短い時間にも、隆子は昨日見たものを幾度か反芻《はんすう》することが出来た。フランス風というのだろうか、いかにも瀟洒な感じの白亜の館《やかた》と真紅のドア。その上に浮上がって見えた金文字のオートクーチュール・パルファン。前庭の広かったのは、車を何台でもパークさせる必要があったからだろう。

そして、あの青年——。

松平ユキの息子なのであろうか。パステル・ミンクを白いスーツの上に着ていた女性は、帽子にネットがかかっていたし、いかにもマダムらしく見えたが、あの人が松平ユキ自身だったかどうか——。

村井先生の話では、松平ユキは小柄で地味な人だということだったから、あの長身の青年と並んで見劣りしなかった女性が松平ユキである筈はなかった。すると、あれはオートクチュールの顧客だったのだろうか——。すると、あの青年は——？

謎めいて気懸りでならないことばかりだった。

磨硝子《すりガラス》のドアの向うに人影が映り、院長室のドアが開けられた。

「清家隆子です」

「どうぞ」

秘書の方では心得て肯くとすぐに衝立《ついた》ての向うへ掌《てのひら》を返した。

戸田洋裁へ入学して、初めて入る院長室であった。戸田もと子女史に直接単独で会うというのも、これが初めての経験である。その割にはドキドキもせず、久しぶりではいてきたハイヒールの踵もふらつかないのは、戸田もと子女史よりも松平ユキに対する興味の方が今は強いからに違いなかった。

衝立ての向うは急に明るく広く、大きなソファが幾つも部屋一杯に置いてある応接間だった。人影はなかった。

「しばらくお待ちになって」

秘書といっても戸田洋裁では隆子などの大先輩なのだから、それほど丁寧な口はきかなかったが、さりとて粗末にも扱われなかった。隆子は云われた通りに、ソファの一つに腰をうずめた。

それから十分は待っただろうか。隆子にはひどく長い時間に思われて、その間にはまた昨日の青年の面影が浮び、ストールと白いスーツと高級車、真紅のドアと金文字が、交互に目の前に現れては消え、消えてはまた現れて、隆子の精神状態はもう完全にその暗示のもとに朦朧《もうろう》としたものになっていたようである。

これからどういう世界が自分の前で開かれて行くのか、はっきりしたことはどうにもまだ摑《つか》めていないのだけれども、昨日、村井先生に、

「松平さんから、あなたが欲しいって云ってきてるのよ。どうなさる？」

突然そうきかれたときには出なかった答が、隆子には今日は用意できていた。

どんな世界だっていい。私は、あの真紅の扉の中に自分から入って行ってみたいと思っている……。

隆子は確信を持ってそう答えることができた。

院長室との境のドアが開いて、秘書が半身出すと、

「清家さん、どうぞお入りになって」

と云った。

隆子のいるのは応接室なのだから、当然院長と松平ユキの二人がそのドアから此方《こちら》へ出てくるものとばかり思っていた隆子は、慌てて立上がった。

院長室の部厚い絨氈《じゅうたん》にハイヒールの踵が深々と埋まって、ひどく歩きにくく、隆子は躰《からだ》の重心をとるのに苦労して、それですっかり最前までの落ち着きは失ってしまっていた。

「清家隆子さんね」

院長先生が大きな机の向うで、落ち着いて微笑をたたえていた。白髪を半分だけ紫色に染め、大粒の真珠のブローチが衿元に輝やいているのがまっ先に目に映った。

「はい」

お辞儀をしようとしたが、前のめりになりそうで、隆子は閉口した。絨氈のせいである。

「こちらが松平ユキさんよ。存じ上げているでしょう？」

そう云われてようやく、院長先生の机の前の椅子《いす》に斜めに坐《すわ》っているその人に気がついた。

「はい」

この時はうまくお辞儀が出来た。

松平ユキは椅子に坐ったままであったが、すいと微笑を浮べて丁寧に会釈を返してきた。

ここでもう一度隆子は慌てたのだ。はいと答えてしまったが、事実はそうではない。彼女は松平ユキに関しては殆ど存じ上げていないのだった。

「あのォ、でも私、本当は、村井先生から伺っただけで、知りませんでした」

この正直な返事に、戸田もと子女史と松平ユキは顔を見合わせ、二人とも同じように喉《のど》をコロコロと鳴らして笑った。

「まあ、お掛けなさいな。松平さんは、あなたとゆっくり話がしたいと仰言ってるのよ」

戸田女史は鷹揚《おうよう》に頤《あご》で示して隆子に椅子をすすめた。

「清家さんと仰言るのね？」

松平ユキは、椅子に腰を下ろした隆子に優しく質問し始めた。

「はい」

「お珍しいお名前ね。お郷里《くに》はどちら？」

「東京です」

質問の意味が通じなかったのだという工合に、ユキはすいと笑った。どこと云って特徴のない尋常な目鼻立ちなのに、なんという不思議な魅力のある人だろう、と隆子は思った。村井先生は目立たない地味な人だと云っていたが、隆子の目にはこれ以上美しい人がこの世の中にいるものだろうかと思われた。

「御両親とも東京でいらっしゃるの？」

「はい」

「でも御先祖は関東じゃないでしょう？」

「さあ」

「お祖父《じい》さまは何をしていらして？」

「私、よく知らないんですけど」

「京都の方に御親類はないこと？」

「ないようです」

「遠い御親類でもよろしいのよ」

こんな質問は受けたことがなかったので、隆子はまず驚いていた。自分の先祖などというものについて隆子はこれまでに一度だって考えたことはなかったからである。

松平ユキは隆子の頼りない返事にも一向にひるまず、同じ静かな調子でなおも質問を進めていた。

「御紋は何を使っていらっしゃるの？」

「はあ？」

「お家の御紋ですよ。お母さまの紋付には、何を使っていらっしして？」

「さあ」

隆子はまた首を捻った。そんなこともこれまでに注意したことがなかったのである。

ただし、見覚えが全くないということもなかった。母の黒い羽織は、あれは確か紋付というものではなかったかしら。

「あの、なんていうのか知りませんけど、まん中に小さな丸があって、葉が六枚みたいにひろがっています」

「描いてみて下さる？」

「はい」

院長先生の机の上に出されたメモ用紙に、隆子は鉛筆を使ってうろ覚えの家紋というものを描き始めた。

「そう云えば清家って珍しい姓だわね」

戸田院長が松平ユキに向って云っている。彼女も、ユキが何の目的を持ってこの種類の質問を進めているのか分らないらしかったが、隆子の手前もあって訊くこともならずにいるのだろう。

「お公卿《くげ》さんの苗字《みようじ》みたいですわ」

ユキの声は戸田院長の塩辛声と対照的で、優しく、いつまでも耳に残るような響きを持っていた。

　立上がって、隆子の手許《てもと》を覗《のぞ》き込んだユキは、急に小さな叫び声をあげた。

「ああ、やっぱり」

　戸田院長は驚いて訊いた。

「どうしたの？」

「六葉柏《むつばがしわ》ですわ、それ。やっぱり私の思った通りでしたわ。清家というのは、雲上家の清原《きよはら》姓の総称なんです。それで清原家の紋は六葉柏なんです。清家さん、あなたの御先祖は間違いなく京都のお公卿さんよ。あなたの御両親は分家のまた分家ぐらいでいらっしゃるのかもしれないけれど、あなたは覚えていらした方がいいわ。あなたの苗字も家紋も正統に雲上家の清原系を伝えている人ですよ」

　隆子よりも戸田院長の方が、松平ユキのこの博識ぶりには驚いてしまった。

「松平さん、あなたまあ、そういうことにおそろしく詳しいのねえ」

「商売柄ですわ。お客様は殆ど誇るべき家系というものをお持ちでしょう？　外国人でもそうなんですのよ。スペイン系のアメリカ人や、フランス人、イギリス人で、私の店においでになる方で家系や家紋の話をなさらない方はないんですもの。お話を合わせる為《ため》には、その方の勉強もしなければなりませんでしょう？　英国皇室史を読んだり、フランスの貴族の苗字を暗記したり、日本の場合は姓氏家系大辞典というのと紋章学とが私のバイブルなんですのよ」

「なるほどねえ」

「実は今日も出て来ます前に他のついでもあったので、清家というのをひいてみましたの。そしたら雲上家中、清原姓を名乗るもので家紋は六葉柏と、ちゃんと出ていました。ですから、ひょっとすると、と思っていましたのよ」

「私なんかどういう家系なのかしら」

「戸田というお苗字も大変なものなんですのよ」

「あら、そうォ」

「豪族に多い名ですわね。御紋は何をお使いですか」

「三《み》ツ割木瓜《わりもっこう》だわ」

「それじゃ今度調べてお知らせしますわ」

「そうね」

しかし実力者の戸田もと子女史は、ここまで来てから話を吹き飛ばすように笑い声を立てた。

「やめとくわ。どうせお公卿さんとは関係ないでしょうしね。私は戸田洋裁の戸田もと子で沢山」

それから戸田女史は隆子の方に向き直って云った。

「清家さん。これで分ったでしょう？　松平さんは日本でおそらくただ一軒しかないと思われるオートクーチュールをやっていらっしゃるの。私の昔のお弟子さんだったけれど、私は洋裁を日本中に広める仕事をして、日本全国に五十万の門弟がいるようになったのに、私とは全く逆の方針で仕事をしたのが松平さんなの。パリに長くいすぎたので、日本の現状が分らないから、強引にパリのやり方を通しているのよ」

　戸田女史の口調にはユキを罵倒《ばとう》するようなものが感じられたが、当のユキはまた喉を震わしてコロコロと笑っている。

「でも、それはそれで立派なものだと私は思っています。だから、うちの生徒が松平さんの目に止まったのは、あなたが初めてではないのだけれど、その都度私も力を貸してあげることにしているの。なんといっても日本女性の一般的な洋服を着る感覚はまだまだで、私はじれったい思いを怺《こら》えながらようやくここまで来たのだけれど、松平さんは初めから最高の感覚を持つお客だけを選んでやるやり方だったの。その松平さんが目をつけたのだから、あなたの才能も技術もきっと素晴らしいのでしょう。私は寧《むし》ろ私の学院の中に、そういう生徒がいたことを誇りと思い、松平さんには協力したいと思っています」

　戸田もと子女史は、いつの間にか演説口調になっていたが、話の趣旨はそれだけに明快で隆子にもよく納得がいった。松平ユキの仕事の内容も、ようやくはっきりと摑めたし、戸田洋裁には何万という生徒がいるのに、その中から一人だけ隆子に白羽の矢を立てたというのは、戸田女史ばかりでなく隆子にとっても誇りであることには間違いなかった。

「清家さん、私のお店に来て下さる？」

ユキが訊いたとき、隆子は自分でも吃驚《びっくり》するような大きな声を出していた。

「はいッ」

「私のところは学校ではありませんから、月謝は頂かないかわりに、月給を差し上げる分、仕込み方も仕事もかなり辛《つら》いこともありますよ」

「はい」

戸田女史が言葉を添えた。

「一人前の洋裁師になるのには、本当のことを云って学校教育では足りないことだらけなのよ。玄人《くろうと》になるとしたら、それだけの覚悟ではいって行かなきゃ駄目。花嫁修業のお稽古《けいこ》とは違うのですからね」

「はい」

ユキが穏やかに、彼女の清家隆子観を云った。

「気持のいい御返事をして下さる。一緒に働いてもらえたら、私もきっといい気持で仕事が出来ると思うわ」

月謝を納めながら覚える洋裁と、月給を支払われながら仕込まれる洋裁と——の違いに、清家隆子が気がついたのは、オートクーチュール・パルファンに一歩入ったその瞬間からであった。

初出勤の朝、隆子は表参道のバスの停留所から、弾む心を抑えかねて駆け足で例の赤い煉瓦塀に囲われた白亜の館に飛込むようにして真紅の扉の前に立つと、指先で強くベルを押した。ビービーというブザーでなく、奥でかすかにオルゴールのような音が鳴るのが聞こえた。ベルまで洒落《しやれ》ている。隆子は耳を澄まして、ドアの向うの人の気配まで聴こうとした。

やがて音もなくドアは内側から開かれ、老婆《ろうば》が顔を出した。

例の青年が現れるのかもしれないと幽かに期待していたのが裏切られた上に、老婆はうさん臭げにハーフコートとスラックス姿の隆子をじろりと見て、

「どなた？」

いかにも迷惑そうな声を出したものだ。

「私、清家隆子ですけど」

「…………」

耳が遠いのだろうかと思い、隆子はもう一度大きな声を出した。

「清家隆子です」

老婆は顔だけのけぞらせて、隆子の大声に辟易《へきえき》した仕種《しぐさ》を示してから、

「今日から新しく来る縫い子さんじゃないのかね?」

と訊いた。

縫い子……。

隆子は足許の砂が崩れるような幻滅を覚えなければならなかった。

戸田洋裁学院二万の中から選ばれた一人という誇りも、戸田院長と松平ユキから直接勧誘を受けたという喜びも、雲上家系の裔《すえ》だと云われた夢みたいな華やかさも、この瞬間に痙攣《けいれん》し、硬直してしまっていた。

縫い子……。

そうだったのだ。私は今日からは月謝を払う生徒でなく、月給を貰《もら》う洋裁店の縫い子になったのだ。

「縫い子さんたちは、塀の外を廻って、裏口から入ることになってますよ。ここはお客さまと先生だけの入口ですからね」

老婆は、おそらく古くからいる女中が年をとって婆《ばあ》やになっているのか、ひどく横柄な口をきいた。隆子は、むっとしたが、云われてみれば確かに押して玄関から入る身分

ではなかったように思ったので、やむなく踵《きびす》を返して、一度門から出ると、赤煉瓦の塀に沿って、老婆の示した通り家の裏側に廻った。

　松平家勝手口と書いた小さな表札が出ていた。松平家というのが、この前の家紋や家系と思い合わせて、どことなく可笑《おか》しかった。そういえば、美智子さまが皇太子と結ばれるとき松平信子女史とかいうのが色々と取沙汰《とりざた》されたことがあったが、松平ユキは、その松平と家系や家紋が同じなのかしらん。ふとそう思うと、隆子は、何故《なぜ》だか笑いがこみ上げてきた。それでようやく玄関で拒絶された口惜《くや》しさを忘れることができた。

　勝手口の戸は右へ曳《ひ》くとチリチリと小さくベルが鳴って開いた。すぐ目の前に二つのドアが並び、一つは台所のそれで、もう一つは別だという見分けが直ぐについたので、隆子は声もかけずに左側のドアをノブを廻してから押して中に入った。目の前に階段があり、その手前右側には下駄箱が並んでいた。それには扉がないので、入っている上沓《うわぐつ》が一目で見えた。ナイロン・キルティングの綺麗《きれい》なものや、フェルトに色変りのフェルトでアップリケした可愛いものや、柔かい皮革製のものも並んでいる。スリッパは一足もなかった。どれも柔かいから脱いだ形は決して美しくなかったけれども、足にはかれたところを想像すると、どれも仲々洒落ていて、戸田洋裁の生徒たちの上沓とは比較にならない上等なものであった。

　やっぱりオートクーチュールだから、縫い子といっても相当の給料を貰うのだろう、と隆子は思った。その実、松平ユキと隆子の間には、月給の額や待遇などについての事務的な話合は全く何もなかったのである。隆子はそのことにまだ思い及ばなかった。

上沓の数を勘定してみた。六足あった。六人の縫い子がいるのだということがそれで分った。階段を上がったところが、仕事場らしく思われた。

「こんにちは」

二階へ向って隆子は声をかけてみたが、返事はなかった。六足の上沓が並んでいて、その中に一足も外ばきの靴は混っていないのだから、縫い子たちはまだ誰も来ていないのであろうと思われた。時計をみると十時十五分前であった。松平ユキとの約束は午前十時だったが、隆子は今朝《けさ》は早く目がさめてしまって、落ち着けなかったものだから早過ぎると知りながらも家を飛出してしまったのだ。

「こんにちは」

二度も三度も、次第に声を大きくして呼んでみたがどこからも応答がなかった。

先刻のお婆さんは何処に消えてしまったものだろう。

松平ユキにしても、この家に住んでいる筈なのに――。

しかし誰の応答もないのに、隆子の方で勝手に靴を脱いで上がって行くことは出来なかった。誰かが向うから此処へ現れるまでは、嫌でも隆子は待たなければならない。

そう覚悟をきめて辺りを見廻すと、最初に目についた階段も下駄箱の造りも、この家の正面から見た瀟洒さとは、殆ど関係のないように粗末だが頑丈そうなものであることに気がついた。それは華やかなオートクチュールの楽屋裏といっても、侘《わび》しさよりも逞《たくま》しさを感じさせるようなものであった。松平ユキという人は――と隆子は考えていた。相当なしっかり者なのだわ。

縫い子と云われてがっかりしたけれど、こういうところの縫い子ならば、それなりの誇りも持てるのではないかという気がしてきた。

隆子の腕時計が十時を過ぎても、家の中にはコトリとも物音が聞こえなかった。一度外へ出て、台所の戸をあけて声をかけてみようかと幾度か思ったが、あのお婆さんの顔をまた見るのは嫌だったのでやめた。

十時を更に十五分も過ぎて、隆子が苛立《いらだ》ちのあまり足踏みを始めた頃、パタパタと面倒臭そうにスリッパを鳴らす音がして、階段の裏側からひょいと首を出した男がいた。

「あ……」

起きぬけらしく、ガウンを着て、髪ももじゃもじゃになっていたが、それは確かに此の間、真紅の扉の前に立っていた身綺麗な青年紳士と同じ人であった。

隆子は思わず声を出し、慌てて手で口を押えたが、青年の方は見覚えがなかったらしくて怪訝な顔をして、

「誰方《どなた》ですか」

と、遠くから訊いた。

「あのォ、私……」

隆子にも似げなくもじもじしたのは、ここでこんな格好をしている彼に出会うとは思ってもいなかったからである。

「誰に御用で、お見えですか」

寝乱れた髪とガウンという姿に似合わず青年の言葉遣いはひどく端麗だった。

「私、清家隆子です」

ようやく隆子は彼の最初の質問の方に答えると、あとは何時《いつ》もの隆子に戻っていた。

「今日から来るようにと松平先生に云われて、十時の約束で十五分前に着いてしまったんです。でも呼んでも誰も出て来てくれないしどうしようかと思っていたところなんです」

青年は表情を変えずに肯くと、

「姉はまだ休んでおりますので、お上がりになってこちらでお待ち下さい」

少しも言葉遣いは崩さずに、隆子を隣室に招《しょう》じ入れた。殺風景な洋間だった。中央にテーブルがあり、椅子が詰めこまれていた。縫い子たちの食堂兼休憩室であるように思われた。隅のソファに週刊誌が何種類も散らばっていた。

気がつくと、青年はドアを閉めて出て行ってしまっていた。

隆子は頰《ほお》に掌を当てた。上気している。

セントラル・ヒーティングをしてあるらしく、部屋の中は暖かった。ハーフコートを脱がないでいたことにようやく気がついた。急いで脱いで、スラックスにセーターという格好になったが、まだ熱い。

どうかしているのかしら。あんな男、いくらハンサムでも色が白すぎて頼りないわ。好きじゃないわ。大嫌いだわ。

こんなことを自分に云いきかせていても一向に埒《らち》があかないので、やむなく隆子は週刊誌を取上げてパラパラと頁《ページ》を繰り始めた。

縫い子たちの出入口がバタバタし始めたのは、しかしそれから十五分もたたない内であった。慌ただしく飛込んでくると、靴を脱いで上ばきと履きかえ、隆子のいる部屋のドアを開いて、見知らない顔にちょっと鼻白んだが、例外なくツーッと隆子の鼻先を通って、壁にハメコミになっているロッカーを開けると、さっさと着替え始めた。

オーバーを脱ぐ。それからカーディガンか上着も脱いで、例外なく木綿かナイロンのブラウスにタイトスカートという格好になった。どのブラウスも半袖《はんそで》だった。それからその上に、美容師の着るような白い木綿のタイトな上着をつけた。それがこのオートクチュール・パルファンの制服であるようだった。白一色になってしまうので、裾《すそ》から十センチほど出て見えるスカートと、上沓だけが彼女たちの仕事場でのお洒落のすべてになってしまうのだろう。

隆子の存在を意識しているのか、誰も見事なほど口をきかなかった。黙って、サーッと着替え終ると、上沓の音も軽く階段を駆け上がって行ってしまった。六人の女たちは、年齢はまちまちで、隆子より若そうな人もいたし、三十過ぎの人も混っていたようである。その六人が殆ど同じ時間に入って来たのに、

「お早う」

の挨拶《あいさつ》もなければ、何の冗談口を叩《たた》きあうのでもない。みんな寸秒を争うように着替えて、先を争うようにして、さーッと出て行ってしまったのだ。

隆子は唖然《あぜん》としていた。

戸田洋裁の生徒たちは、同じ授業を受ける者同士なら、友だちでなくったって軽口ぐらいは交しあって、それから朝の勉強が始まるのだが、いったい何故ここでは人々は朝からあんなに緊張するのだろう……。

取り残されて茫然としているところへ、間もなく一人が階段を降りてきて、

「清家さん……?」

「はい」

ドアを開けると同時に声をかけた。

「こちらへお出《い》で下さい。先生がお待ちですから」

ようやくその娘について階段を上がりながら、隆子はセーターとスラックスという姿が、ここには不似合なのではないかと心配になってきた。

階段を上がったばかりのところにあるドアを開けると、それは三十畳はありそうな広い部屋であった。十人以上の女性が、みんな白衣を着て、テーブルに並んで向ったり、アイロンをかけていたり、ミシンを踏んだりしていた。

マネキン人形やハリボテのボディ（人体）があちこちに置いてあり、その半数は様々な衣裳《いしょう》を着ていた。

シューベルトの曲が、どこからか忍び込むように聞こえていた。

部屋の中央に、ただ一人だけ黒いドレスを着た松平ユキが立っていた。

「お早うございます」

隆子が頭を下げると、

「ごきげんよう」

軽く首をかしげるように会釈をしてから、

「皆さん、新しいお友だちを御紹介しますから、手を止めて頂だいな」

と声をかけると、全員が命令通りパッと手を止めて立上がり、隆子の方に向いた。

「清家隆子さんです。戸田洋裁を途中で止《や》めて来て頂きました。仲よくチームワークをとってお仕事して下さい」

松平ユキは、それから隆子に向うと、

「隆子さん、それじゃあちらから御紹介するわね。私のアシスタントの小式部《こしきぶ》クミさん」

マネキンの前に立っていた女性が、ニコッと笑って会釈した。彼女も例外で白衣をつけず、濃いグレーのワンピース姿だった。スリーブレスのスタイルで、二の腕から出ていたが寒そうではなかった。

「それから吉波《よしなみ》憲子さん、小鷹利《こたかり》とも子さん、久世《くぜ》寿子《としこ》さん、錦小路《にしきこうじ》貞子さん、大《おお》河内《こうち》聖子さん、久布白《くぶしろ》マサ子さん……」

聞きなれない、特殊な苗字ばかり揃《そろ》っているような気がした。それにしてもとても一遍で覚えきれるものではなかったが、隆子は顔も何も区別のつきかねる白衣の人々に端から機械的に頭を下げることになった。

紹介が終ってから、松平ユキは隆子に向うと、

「その装《な》りでは店《うち》の仕事はさわって貰えませんね。毛糸やウールなどのようなけばだつものは、一切仕事場では着ないで下さい。そのために完全暖房にもなっているのですからね」

と云ったが、その目には先刻まであった微笑の片《かけら》も残っていず、店の主人が使用人にものを云うときの厳しさが光っていた。戸田洋裁の院長室での松平ユキの優しさも美し

さも、まるで影をひそめてしまったようだった。

その日、隆子は仕損いのブラウスに着替えさせられ、自分が着るための白い上着の制作にかかったのが仕事始であった。

といっても戸田洋裁で習った通りに一人で裁断したのではない。いや、戸田洋裁での知識は、パルファンでは全く無駄といってよかった。松平ユキにアシスタントと呼ばれた小式部クミが、銀色の容器からメジャーを曳き出しながら隆子の前に立つと、隆子の胸囲、腹囲、腰囲、腰丈、背丈と、採寸の順に既にパルファンの定《きま》りがあるらしく、きびきびと計って行き、終るとテーブルの上のメモ用紙に、八四、五八、八八、一五、三六……と、首廻りから乳下りまで、一息に隆子の寸法を書き並べた。

「…………」

隆子は息を呑《の》んで、それを見ていた。この記憶力が常人のものとは思えないのである。それらは、隆子がようやく覚えている自分の寸法と、若干の差しかなかった。その差は小式部クミの記憶違いにあるのではなく、採寸の手加減にあることも分っていた。小式部クミの手先は、まるで奇術師のように素早く動き、メジャーは胸に触れても腰に触れても、決して隆子の皮膚をしめつけることはなかった。

名人芸というものが、もし洋裁にあるとすれば、これはそれに違いないと思われた。そして、オートクーチュールが普通の洋裁屋と違うところは、こういうところでもあるのだろう——と隆子は感動していた。

小式部クミは、茫然としている隆子の心の中を読みとっているらしく、昂然《こうぜん》と微笑してから、

「寿子さん、採寸の順序を教えてあげて。それから裁断は、あなたがしてみせて頂だい。布地の置き場所は分っているでしょう?」

と云った。

松平ユキは、隅のマネキンが着ている洋服の前で、毛皮の衿を手に、衿の立て方をあかこうかとエキザミンしていて、もう隆子の存在は忘れたように振向かなかった。

久世寿子は、白瓷《はくじ》のように血の気のない肌を持った三十過ぎの女だった。隆子から黙って紙片を受取ると、それに胸囲、腹囲、腰囲、腰丈、背丈……と書き入れると、黙って隆子に突き返し、それからくるりと背を向けて部屋を出て行ってしまった。

呆気《あっけ》にとられながらも、隆子が書かれた採寸の順序を目で追っていると、寿子は麻の白布を一巻き抱えて戻ってきて、裁断台の上にさっと展《ひろ》げた。

寿子は、左手に金属製のメジャーを持つと、それをピュッ、ピュッと繰出し、繰込みながら、右手に持った青いチャコで布の上に印を着け始めたのだ。

これもまた神技と云ってよかった。寿子にも、今見たばかりの数字は頭の中にすっかり入ってしまっていたらしく、隆子の持っている紙片を覗き込むこともせずに、一息に身頃、袖、衿、短いスカート、と裁断の目印をつけてしまうと、次には大きな裁断鋏《さいだんばさみ》を使って、ジャキジャキと音立てて大胆に白麻を裁断してしまったのであった。

これはもう驚いてばかりはいられない……と、ようやく隆子は我に返った。

「あの、型紙は使わないんですか」

疑問を率直に訊くことにしたのである。

「型紙？」

久世寿子は、鼻先で嗤《わら》って云った。

「あれは素人《しろうと》の使うものよ」

「ここじゃ一切使わないんですか」

「使うときは茶麻を使うこともあるけど、でも滅多には、ね」

「この裁断の仕方は、何式ですか？」

久世寿子は、憐《あわ》れむような目をして隆子を見たが、すぐに答えた。

「パルファン式でしょうね」

「立体裁断ですか」

「今に判《わか》るわ」

久世寿子は、小式部クミのような愛嬌《あいきょう》はなかったが、不親切な人柄でもなかったらしく、

「マサ子さん」

ミシンに向っている若い子たちの方を呼ぶと、振向いた一人に、

「あなたブルーズの見本を見せて、縫製の説明してあげて」

と云うと、もうさっさと白麻を巻き戻し始めた。

まるで工場のコンベアベルトにのっているようだと苦笑しながら、隆子が久布白マサ子の方に寄って行くと、

「全部半インチの縫代になってるわ。ザクザク縫えばいいのよ。その後で説明するわ。針と糸は、そこよ」

頤《あご》でしゃくって針と糸の所在を示すと、シャークスキンの縫合に全神経を集中してしまって、隆子を振り返らない。

ここまで来ると、隆子は早くもパルファンの仕事場の雰囲気というものに慣れてしまった。この快い冷淡さは、他のどこにもない種類のものなのではないか——そういう気がした。

太い針に木綿糸を通し、云われた通り縫代を半インチにとって、ザクザクと縫い合わせた。手先の動きは早い方だったから、昼食の時間までに大方の形はついた。

チリン、チリン、チリン……。

チリン、チリン、チリン……。

階下で鈴の鳴る音がすると、それが食事の整った合図であったらしく、

「さ、隆子さん、お昼にしましょう」

小式部クミが肩に手を置いて云った。

食堂は、隆子が最初に思った通り、例の階段脇の部屋であった。テーブルの縁に目白押しに並んで坐った数は、隆子を入れて十三人であった。

「あの、通ってる方ばかりじゃないんですか?」

下駄箱の数と合わないから質問すると、

「ええ、全部が通うときもあるし、全部が泊ってしまうときもあるの。でも、まあ半数ぐらいは、ここで寄宿生活よ」

「食べ物の我慢がしきれなくなると飛出すわけなのよ」

「だって、こういうものが三度三度でしょう?」

その日の献立ては——カレーライスであった。それも、カレーより醬油《しょうゆ》の味が強い妙な味付である。テーブルの中央には黄色い沢庵《たくあん》が山盛になった大皿が置いてある。

誰も給仕に出るわけでもなく、盛りきりで、炊事した者は鈴を振ると台所へ引込んでしまったのか姿を見せなかった。

「これ、誰が作るんですか？」

隆子は訊きたくなると、躊躇《ちゅうちょ》ということをしない娘だ。入口で見た老婆の顔を思い出しながら、おそるおそる訊くと、

「松平先生のお母さまがお作りになるの」

一人がことさら丁寧な口調で答えた。

「お母さま？」

「ええ、お母さまよ」

謎めいた口調で別の一人が同じように答えた。

隆子の好奇心は掻き立てられたが、ここで子供のように同じ質問を押しすすめるのは決して利口には見えないと思ったので、そんなことより最初から気懸りだった質問の方へ向きを変えた。

「松平先生には弟さんがいらっしゃるんですね？」

一瞬、カレーライスを口に運んでいた皆のスプーンが、宙でピクリと痙攣した。

「どうして御存知なの？」

久布白マサ子が訊き返した。

「今朝お会いしたんです。私が十時のお約束で伺いましたと云ったら、姉はまだ休んでおりますって、云って、いえ、おっしゃっていたから……」

全員の口調は、隆子がまごつくほど丁寧で行儀がよかったので、隆子も使いなれない敬語を使って、われながら言葉づかいがギクシャクしてきているのが妙な工合だった。

「姉はまだ休んでおります」

「私が一番よく存じております」

「はい、左様でございます」

三人ほどが一斉に彼の口調を真似《まね》て云い、それに皆が和して声をたてて笑い出した。女の集りらしい賑《にぎ》やかな風景が初めてこのとき流れ出たのだが、

「およしなさいよ、隆子さんがお驚きになるわ。今日いらしたばかりなのに」

小式部クミが眉《まゆ》をひそめて云った。

食事が終ると、久布白マサ子が部屋の隅の電熱器にかかった大やかんを持って、皆に茶をついで廻り始めた。どうやら彼女が此の中では一番若く、新入りであるらしかった。

「番茶があうカレーライスだったわね」

誰かが云って、今度は小式部クミが真先に吹き出し、誰に遠慮もなく皆が笑い出した。確かにカレーの辛味がきけばほしくなる筈の水よりも、醬油味を癒《い》やす番茶の方が、この食後の落ち着きになっているのであった。こういう気の利いた辛辣《しんらつ》な口をきいたのは、中で一番年配の小鷹利とも子である。四十そこそこなのであろうが、実際の年よりずっと老けて見えた。若い娘たちと同じ白麻のユニフォームを着ているが気の毒なほど半袖

から出ている二の腕は、肌に艶《つや》がなく、黝《くろず》んでさえいた。ただ顔だちには、色が黒いが中高で品もあるが険のあるきつさがあって、薄い唇と共に見るから皮肉屋らしく見えた。

食事休みのあと、仮縫をすませた隆子のユニフォームの補正をしてくれたのが、この小鷹利とも子だったのだ。

裁断した久世寿子は久布白マサ子にそれを頼んだが、まだ久布白マサ子にはそれだけの実力がなかったのであろう。でなければ久世寿子の方で小鷹利とも子が煙ったく、直接には口がきけなかったのかもしれない。仕事場へ戻ると、小鷹利とも子は自分の方から隆子の傍に寄って来て、

「案外手早いじゃないの」

皮肉な褒《ほ》め方だったが、新入り第一日でマゴマゴしている私を見たら、案外というのも正しい評価だろうと思い、隆子は悪い気がしなかった。

「着なさいよ。私がピンを打ってあげるわ」

見かけより親切な人ばかりだと思いながら、隆子はブラウスとスラックスの上から、仮縫した白衣を着た。

小鷹利とも子は大きな鋏を持って、じろりとそれを上から下まで見た。左手首にはいつの間にか針山をつけたバンドをはめていた。待針の頭は、黄、赤、緑、白の四色で、それが色別にかたまって突き込んである。

久布白マサ子に云われた通り、半インチの縫代で衿までつけてしまっていたので、それが小鷹利とも子の気にいらなかったらしく、大きな鋏はまず隆子の首の傍で、大きな音をたてて糸を切り、片手でむしりとるように衿が取り去られた。

首の傍にピンが打たれ、肩山にピンが打たれると、鋏は次々に糸を切って、隆子の仮縫した糸という糸は、いつの間にか全部ひきぬかれてしまい、そのかわりに小鷹利とも子の指先からは奇術師が空間からものを手繰《たぐ》り出すときのようにピンが絶え間もなく飛出てきては、これまたあっという間に補正は終ってしまっていた。

隆子は感心して云った。

「ここでは仮縫の糸は、みんな取ってしまうんですね」

「仮縫は仮縫だもの。お客様の場合は、補正のあと、もう一度仮縫をするのよ。仮縫の間は何度でも直しがききますからね」

「そうですね」

隆子の相槌《あいづち》が間が抜けて聞こえたのだろう。小鷹利とも子は、反射的にピシャッと叩きつけるように云った。

「あなたのは、これで終りよ。あとはミシンを使って手早く仕上げなさい」

「はい」

「ああ、そこに磁石があるから、私の落としたピンは拾っといてね」

「はい」

磁石というのが直ぐには分らなかったのだが、返事してしまってから気がつくと、小鷹利とも子がそこと云った方角には細かな棚があって、そこに数個の馬蹄形《ばていけい》の磁石が置かれていた。落ちたピンは三本しかなかったが、ともかく云われた通り磁石を持って自分の立っていた床の辺りを搔きなでると、先刻は三本と見えたのに、磁石の先には四本の待針がくっついてきた。足の下に落ちていて見えなかったのらしい。でなければ、小鷹利とも子が落とす前に、すでに誰かが落としていたのであったかもしれない。

ひょっと心配になって、縫い子たちが囲んでいる台の下を覗《のぞ》くと、パラパラと待針が散りしきっている。

危険だとも思い、もののついでとも思って、隆子はテーブルの下に這《は》い込むと、磁石で落ちた待針を搔き集めた。

十本余りを片手に握って四ツン這いで出てくると、目の前に松平ユキが立って微笑していた。

「隆子さん」

静かな声だったが、彼女が満足しているのは表情で分った。

「あなたは見どころがあるわ」

仕事場の女たちは、黙って此方を見ていた。どの顔にも反感はなかった。それどころか、隆子をずっと前からの仲間のように迎え入れているようであった。

隆子が、オートクーチュール・パルファンの仕事場から、初めて「お店」に出たのは、彼女が初出勤してから一ヵ月もたたぬうちであった。

食堂から上がってきた階段口とは正反対のドアがあいて、小式部クミが、

「お仮縫ですよ」

と声をかけると、

「はいッ」

反射的に立上がったのは四人だった。他の連中はそれぞれすぐには手の離せない仕事と取り組んでいたからである。

隆子はそのとき、英国製ホームスパンのコートの裾を千鳥がけしているときだったが、

「隆子さんもいらっしゃい」

小式部クミに指名されたので、それを台に置いて立上がった。

飛出そうとすると、

「磁石を持つのよ」

また注意された。

パルファンでは仮縫に磁石がつきものだったと思い、すぐに取って返した。

棚には一つだけ磁石が残っていた。

赤い絨氈の敷いてある表階段を、このとき隆子は初めて降りたのだった。水色の上沓が、ひどくいい色調になって、隆子の足先は躍るように赤い階段をかけ降りていた。

「早く」

それでも小式部クミは小声で急《せ》き立てるのだ。

「口はきいては駄目よ。お客さまの顔は絶対に見てはいけません」

「はい」

「久布白さんのやる通りにしていらっしゃい」

「はい」

なんのことやら分らなかったが、問い返す暇はなくて、開かれた扉の中に入った。

その瞬間、部屋の中の様子に目を奪われて、隆子は入口で足がすくんでしまっていた。

午後三時を過ぎたばかりなのに、部屋の中は夜であった。天井の豪華なシャンデリアは煌々《こうこう》と輝やき、壁の低い位置に幾つも取りつけた小型のシャンデリアと共に、目に眩《まばゆ》いばかりだった。窓には真紅のカーテンがたっぷりと垂れ下り、陽光を完全に遮断しているのである。

いや眩いのは、シャンデリアの所為《せい》ばかりではなかった。真紅なのはカーテンの色だけではなかった。天井が白いだけで、壁には真紅のフランス製のブロケードが張りつけてあった。絨氈もまっ赤だった。そして、ルイ十四世の頃の栄華を思わせる椅子が、ソファが、全部壁絹と同じ真紅のブロケードで、木の部分には細かい彫刻がほどこされ、それは鮮やかな金色に塗りたてられてあったのである。

だが、この真紅と金の豪華な部屋の中に、もし貴婦人が、立っていなければ、隆子をこれほどには驚かせなかっただろう。

部屋の中には、フランス王朝の貴婦人が、豊かな肩をあらわにして、綾織《あやお》りのフランス・ラメを身にまとい、長く大きくトレーンを展げて白孔雀《しろくじゃく》のように立っていたのであった。

「さあ」

久布白マサ子が小声と肘《ひじ》で隆子をつついたので、隆子は我に返ることがようやく出来た。

隆子も含めて五人の白衣の縫い子たちは、次の瞬間には、その貴婦人の周囲をぐるりと取り巻き、恭々《うやうや》しく一礼したのである。恰度《ちょうど》、宴会の始まりを告げる召使たちのように。

貴婦人がこれに会釈を返したかどうか、顔を見てはならないと云い含められていた隆子には分らなかった。

「それでは失礼させて頂きます」

松平ユキが優しい声で挨拶すると、つつとそれまではいていたハイヒールを脱ぎ捨てて、貴婦人の傍に近寄って行った。小式部クミが介添えで、やはり靴をぬいで後についた。二人とも美しい針山のバンドを左の手首にはめ、右には小ぶりの金と銀の鋏をそれぞれに持っていた。

それから二人の動きは見事だった。パルファン式の仮縫で糸を鋏で切ると同時に針を打つ、幾つも打つ。

打ちながら、

「私、また肥《ふと》ったでしょう」

「そんなことございませんわ、奥さま」

「でも寸法がどうかなってるんでしょう、そんなに糸を抜くところをみると」

「布地のせいでございますよ。ラメは生き物みたいに動きますので、どうしてもお仮縫でお躰に合わさせて頂かないと、狂いが出るものでございますから」

「そのせいなら安心だけど」

「奥さまはお肥りになっていらっしゃるというお躰つきではございませんわ。今よりお痩《や》せになったら、これだけボリュームのある布地は着こなして頂けませんもの。私どもでも作らせて頂く張合がございませんわ」

「あら、そうお」

「お見事ですわ、ねえ小式部さん」

松平ユキに相槌を求められて、

「本当に。お仮縫でこれだけ素晴らしいんですもの、絶対ですわね。これだけいいお布地で、これだけのデザインのものをやらせて頂けるなんて、まるで夢みたいですわ」

小式部クミは一層大げさなことを云った。

「そんなにいい布地なの？　これは」

客は、知ってか知らずか、鷹揚に訊き返すのである。

「はい。日本製ですとラメは見るから安物で、ゴワゴワでピカピカで、布地も突っ立ってしまって紙みたいですけれど、やはりフランスでも、筋のものは芯《しん》から違いますんですのね。二度目のお仮縫のときは、布の方から奥さまのお躰に吸いつくようになりましてよ、きっと」

「あら、これも二度仮縫するの？」

客の声は急に恐ろしく不機嫌になった。我儘《わがまま》な人柄だということが、縫い子たちの四肢にまでしみ渡るような声であった。

「奥さま、一メーター七万円もするお布地でございますよ。これだけの大作ですもの、三度だってさせて頂きたいくらいでございますわ」

松平ユキが哀願するように云った。

一メーター七万円！

これだけたっぷり布地をとった夜会服なら要尺は五メートルや六メートルではきかないだろう。布地代だけで四十万円余もする夜会服！

隆子が魂消《たまき》えるほど驚いているところへ、降りかかるようにパラパラと待針が落ちて来た。

客との会話を続けながらも、松平ユキと小式部クミの指先は絶え間もなく動いていて、仮縫の補正をしているのであった。

隆子たちの仕事というのは、磁石を持って絨氈に片膝《かたひざ》をつき、落ちてくる糸と待針を素早く拾う作業であった。松平ユキと小式部クミの指先が早く動けば動くほど、針の落ち方も激しかった、わざとバラ撒《ま》いているのではないかと思うほどであった。

会話に耳をとられながらでも、隆子はしかし落ちてくる待針に全神経を集中させていた。フランス・ラメの綾織りは、落ちる待針をスムースに滑り落とさせないばかりか、途中でひっかかったり、綾の盛上がったところに待針の頭が当って跳ね飛んだりするので、これを落ちる途端から磁石で受け止めて行くのは、決して楽な仕事ではなかったのだ。

「これでチンチラのストールでいい？」

「最高でございますわ」

「でもね、チンチラが分ってくれる人が少ないでしょう？　また同じものを着てるかと蔭口《かげぐち》されるのも嫌だし」

「このお布地で、ストールお作り致しましょうか？　セロリアン・ミンクで縁取り致しましたら、豪華になると思いますけれど」

「セロリアン・ミンクね？」

しばらく考えていたが、

「ミンクが猫も杓子《しやくし》もでしょう？　だから嫌いだったんだけど、セロリアンなら、滅多にないから、いいかしらね」

「見本が来ておりますのですよ」

「本当？」

「お目にかけましょうか」

客が肯くと同時に小式部クミがドアを開けて出て行ってしまった。セロリアン・ミンクを取りに行ったのである。

「小式部さんも上手になって来たわね」

客はその後を見送ってから云った。

「奥さまにお引き立て頂くおかげでございますわ」

「一度簡単なワンピースでも小式部さん一人に任せてみようかしら」

「まあ奥さま、やらせて頂けたら、どんなに喜ぶかしれません。私からもお願い申上げますわ、是非」

そこへ小式部クミがセロリアン・ミンクの毛皮を一枚手に持って戻ってきた。

「いい色ね」

「ホワイトミンクとシルバーミンクの中間色なんでございますよ。一九五九年に初めて出来た新種で、カナダでも数はまだ少ないらしゅうございますのね。殆どニューヨークのサックスが買い占めてしまうんでございますって」

「私の娘のストールね、あれ、サックス・フィフス・アベニューよ」

「まあ、道理で」

隆子は時々耳新しいものの名称が聞こえていたが、あちらへ飛びこちらへ飛びの会話を続けるうちに、到頭同じ布で斬新《ざんしん》なデザインのストールも作ることになってしまっていた。隆子は、夜会服の値段が釣上がって行くのに、まるで自分のことのようにはらはらと気を使っていた。

ミンクが一匹分で幾らぐらいするものか、戸田洋裁では約一万円だとき習って、へええと驚き、すると美智子さまのあれは高いものなんだなあという程度にしか考えたことがなかったのだけれども、ここで今、それを事もなげに手にとって使うか使わないか好みだけで決めてしまう人間をまのあたりにしてみると、隆子はあらためて、自分が今、これまでとは全くの別世界にいるのだということを痛感しないわけにはいかなかった。

仮縫が終ると、貴婦人は皆のいる前で、さあっとフランス・ラメを脱ぎ落としたが、腰から下はコルセットとストッキングで身固めしていたが、上半身はブラジャーをつけてなかった。肥満した乳房が、不格好に垂れ下っているのを、別に恥かしがる風もなく、客は悠々と小式部クミに着替えを手伝わせながら、ブラジャー、シュミーズの順に身につけてしまうと、そのままで急に思い出したように、

「松平さん、私、また妙な買物をしたのよ」

と云った。

「奥さまが妙な、と仰言るときは、吃驚するようなお高いもののことでございますわ。心得ております」

松平ユキが云うと、客はその返事に満足したらしく、喉の奥で笑いながら、

「ハンドバッグ」

と云った。

取れということだと思ったが、部屋の中には見当らないので、隆子が思わず松平ユキの顔を見ると、

「お取りしていらっしゃい」

右のドアを目で示して云う。

「はい」

ドアを開けて飛出すと、

「どうかしましたか」

しばらく会うことのなかった例の青年が、まるでドアボーイのような姿勢で立っているのに出会った。

「あの、ハンドバッグなんです」

「ああ、これですね」

黒い大きな鰐皮《わにがわ》のバッグを、彼は何気なく隆子に手渡したが、それは思ったよりも軽く、隆子は拍子抜けしてから、

「あのお客さまは、誰なんですか」

と、先刻から一番訊きたいと思っていたことを訊《たず》ねた。

「後で教えたげるよ」

彼は急にぞんざいな口調になり、目顔で、早く戻れと合図をした。

真紅の部屋に戻って、客にバッグを手渡すと、ベージュ色のシュミーズのままで、すぐにハンドバッグの口金をあけにかかりながら、

「ところが大きいだけが取りえの安物なのよ」

と云った。

「お安いとおっしゃっても、ねえ」

松平ユキが、小式部クミを見返ると、

「二百万円ちょっとなのよ、たった。安くてちょっと気恥かしいけど、あんまり綺麗な色だったので買っちゃったの、どうかしら、似合うかしら。娘が、ママには無理よ、なんて云うんだけど、どう？」

将棋の駒《こま》ほどもある石の両側に、ダイヤで細工した指輪を、客が指にはめている間に、

「窓を開けて、シャンデリアを消すのよ」

松平ユキが命じ、縫い子たちは機械のように動いて、忽《たちま》ち夜の華やかな部屋の中に、午後の健康な陽光が流れこむと、

「どうかしら。これに適《あ》うドレス考えてみてよ」

鮮やかなアクワマリンの水色が、トリミングしたダイヤの中で、目がさめるように美しかった。

オートクーチュール・パルファンの客種について、隆子に多少の知識を与えたのは松平ユキの弟の信彦である。あのときの約束は彼の方で覚えていて、ある夜、隆子が一人

きりで晩《おそ》く外へ出て、表参道への道を歩いていると、クリーム色のクライスラーが横により、窓から顔を出したのが信彦だった。

「帰るの？」

「ええ」

「どこへ帰るの？」

「家です」

彼は苦笑をした。

「そりゃ、そうだと思うよ君なら」

もう乗せるつもりらしく、助手席の方のドアを開けながら、

「送って行ってあげるよ。何処《どこ》なの、家は？」

「高円寺です」

「ひええ。地の利の悪いところだなあ。まあいいや、お乗り下さい」

いつもの口調と正反対の口調と、両方が混っているのを聞くのは奇妙な工合だったが、隆子は誘われるままに信彦の隣のシートにすべり込んでいた。こんな高級車のオーナードライバーに誘われたことは初めてで、その感激もないわけではなかったが、何より晩い時間に家まで送ると云《い》われたのが有難かった。いや、隆子の性格には、こういう場合に感激の念は生れなかった。これは折も折とて便利なものがやって来た、しめた、とい

うのが正直なところであった。

「随分晩くまでこき使われていたものだね」

　ハンドルを握って前方を見たまま、信彦が言った。

「それぞれ分担や責任量があるでしょう、仕事に。それが終ればいつ帰ってもいいわけだけど、私はまだ馴《な》れないものだから、どうしても一番後になってしまうんです。仕方がないわ」

「そりゃ要領が悪いんだよ、きっと」

「ううん、学校にいた頃はこれでも手早い方だったんだけど、やっぱり学校教育なんて甘いものだと思ったわ。他の人たちとは、まるで腕が違うんですよ、私は」

　運転しながら、信彦は隆子の横顔を見た。それに気がついた隆子が、振向くと、すぐ信彦は正面に向き直って、ギーッと車を左側の歩道に片寄せて、止めた。

　ハンドルから両手を離し、はっきり右に向き直ってから、

「驚いたなあ。清家さん、まじめな人なんだね、あなたは」

　隆子はこの信彦の言葉にも、急停車してしまった車にも戸惑いながら、返す言葉が思い当らないので苦笑していた。

「こんな人が、こんな時代にいるなんて思いがけなかった」

　信彦は、感にたえたように云い、じっと隆子を見詰め続けるのだ。その美貌《びぼう》と、無遠

慮な凝視に、隆子は次第に落ち着かなくなった。

車は、明治神宮の外苑《がいえん》を抜け出たところでパークしていた。隆子の右側を、絶え間もなくタクシーや乗用車が通り過ぎる。東京の街の交通量は、こんなところでも、凄《すご》い。

「私、遠くまで送って頂くの悪いから、新宿まででいいです」

隆子は何か口をきかなければならない場合だと思い、思いつくままをすぐ言葉にしていた。

「そう?」

信彦は驚くほど素直に、すぐハンドルを握り直し、アクセルを踏んだ。

それきり二人とも口をきかずに、クリーム色のクライスラーは、新宿のどぎついネオン輝やく街中めざして走り始めた。

私の云い方が気に障ったのだろうか——と隆子は反省しないわけにはいかなかった。そっと信彦の横顔を盗み見ると、薄い唇をひきしめたまま、目はじっと近づく新宿の街を見詰めているのだ。その睫毛《まつげ》が、女の子のように黒く長いのに隆子はうっかり見惚《みと》れてしまうところだった。

気がつくと車は新宿の繁華な街を突き抜け、角筈《つのはず》の方へ曲っていた。

「あ、ここでいいです」

信彦は聞こえないふりをして、ぐいとハンドルを切ると車は再び新宿コマ劇場近くの原色の夜の街に向っていた。

　この辺の方がタクシーが拾い易《やす》いと思っているのだろうか。私は中央線に乗り換えるつもりだったのに。新宿駅を背にして、こんなところへ入ってしまうなんて、この人は我儘《わがまま》で意地の悪い人なのかもしれない——そう思ったとき、通りの中にパークし易い余地を見つけたらしく、信彦はようやく左へ車を片寄せるとエンジンを切った。

「どうも」

　有難うのかわりに頭を下げて、勝手にドアをあけて外へ出ようとしたとき、

「あ、危いよ、そちらは」

　信彦は長い腕を伸ばして隆子の開けかけたドアを閉め、

「こちらから出て下さい。どうぞ」

　歩道の方へ、自分が先に出て立って待っている。

　ハンドルの前を、胸がさわらないように、腰で横ずりにして外へ出ると、タイトスカートは膝《ひざ》の上までまくれ上がっていたが、隆子は平気だった。

「どうも」

　もう一度ペコリと頭を下げると、ドアを閉めた信彦は素早く車に鍵《かぎ》をかけて、

「新宿か、しばらくぶりだなあ」

　と云い、辺りを見廻《みまわ》している。

「それじゃ」

隆子がもう一度頭を下げると、信彦はまた例の調子で隆子を見据えて、

「帰すと思ってるの？　僕が」

と云うのだ。

「だって晩いわ」

「どう頼んでも駄目？」

「こんな時間に何処へ行くんです」

信彦はまた、いかにも驚いたというように頭を上げておどけた顔をしてから、

「喫茶店でしたらよろしいでしょうか？」

と訊《き》く。

この誘い方は、キザなようで強引なようで、けれど茶目ッ気があって、仲々洒落《しゃれ》てもいるし、隆子としては気分は決して悪くなかった。

「じゃ、ちょっとだけね。だってすぐ十時になりますから」

「はいはい」

ごく自然に二人は肩を並べて歩き出した。

コマ劇場の横手の狭い路《みち》に入ると、両側はバアと小料理屋が軒並みで、どこにも喫茶店らしいものは見当らなかったが、隆子は黙っていた。この辺には、前にボーイフレン

ドと飲みに来たことだって全くないわけではなかったからである。

「仲々ないねえ、喫茶店は」

「ありませんねえ」

「困ったなあ」

「困ったわねえ」

「本当に困った」

「さぞお困りでしょう」

無駄口を叩《たた》き合っている内に、気分は全くほぐれて来て、隆子にはむろん早く家に帰る気など毛頭もなくなっていた。

「あった、あった」

信彦が立止まった。

「これが喫茶店?」

「ロゴス」という看板の出た小さなドアの前で、二人は顔を見合わせた。

「喫茶店さ」

「そうかしら、どうしてもバアとしか見えないけれど」

「喫茶店だよ」

「違うと思うわ」

「『ロゴス』というのは理性という意味だよ。だから喫茶店さ」

「なんだか変ねえ」

「そうかそうじゃないか、中にはいってみれば分るじゃないか」

ドアを押すと簡単に中に開いた。信彦は紳士らしく姿勢を正して、隆子の背に軽く手をあてて云った。

「さあ、どうぞ」

一歩入ると、店中の視線が此方《こちら》に向っていた。男と女と、暗い部屋の中、紅《あか》いランプ、そして棚一杯に並んだ洋酒の瓶――。隆子が立止まって後を振り返り、信彦の顔を不満がましく見上げると、

「今晩は」

信彦は大声で店の中に声をかけた。

「いらっしゃあい」

女たちが二、三人、反射的に立上がった。

「ねえ君たち、ここは喫茶店だろう？ そうだね？ でないと、このお嬢さんは入らないと云うんだよ」

「ええ、ええ、喫茶店ですとも」

素早く女給の一人が受けて立った。

「ほら清家さん、喫茶店ですよ、ここは」

「御心配なく。アルコール類は一滴もございませんのよ。どうぞ」

「高級喫茶店だね、つまり」

「そう！　それ、それ」

女たちが調子を合わせて、隆子もそれに釣込まれた。が、決して隆子は騙《だま》されていたわけではない。彼女は初めから「ロゴス」があまり柄のいいバアではないことを察していたし、そして中に入ることを拒む気もなかったのである。内心では、信彦の心憎い誘い方に感心していたけれども、見せかけは半信半疑をてらって、ただニヤニヤしていた。

「僕は紅茶。清家さんは？」

「ジュース」

「なんのジュース？」

「レモンジュース」

信彦は、注目している女給たちに向うと、

「冷たい紅茶とレモンジュースを頼むよ」

と云った。

もじもじしている女給たちに、

「なんだ、君たちは作り方を知らないのかい？」

さもあきれたように云ってからスタンドの向うにいるバーテンに向って、

「君ィ、冷たい紅茶はだね、スコットランドの紅茶があるだろう？　スコッチという奴《やつ》さ、あれを氷水で割るんだよ」

「はいッ」

「レモンジュースはだね、ゴードンのレモンをしぼって、ソーダ水を混ぜるんだ」

「分りましたッ」

女給たちは笑い崩れながら、信彦と隆子の周りに群れて腰を下ろした。

「いらっしゃいませ」

胸元を思いきりあけて着物を着た女が、寄ってきて尋常に頭を下げた。首に細い金鎖を巻きつけている。

「あなた、マダムですか？」

信彦が訊いた。

「はい。よろしく、ごひいきに」

「失礼のないようにお願いしておこう。こちらは清家さんのお姫《ひい》さまだよ」

「え？」

マダムもこれにはキョトンとしていた。

「下々はこれだから困っちゃうよ。世が世だったら侯爵令嬢だよ。それでなくたって、こんなところへお出《い》でにならない方なんだ」

「それはそれは光栄でございますわ」

マダムは恭々《うやうや》しく隆子に向ってもう一度頭を下げた。

「それじゃ、私たちもあやかるようにスコットランドのお紅茶を頂こうかしら」

「ああ、そうしたまえ」

「頂きます」

マダムはバーテンを振り返ると、

「私たち全部お紅茶を、ね？　よかったらあなた方もお相手させて頂きなさい」

隆子よりも信彦の身装《みな》りを一瞥《いちべつ》して、マダムは金持の息子と睨《にら》んだらしく、景気よく店中に号令をかけたのであった。

スコッチ・ウイスキーの水割りと、ジンフィーズが信彦と隆子に先《ま》ず運ばれてきた。

「お姫さま、お味は如何《いかが》でございますか」

「結構ですわ」

隆子も調子を合わせた。

女給たちの手にそれぞれウイスキーがわたると、

「頂きます、お姫さま」

みんなが隆子に目礼した。

「まあ、スコットランドのお紅茶って、なんて結構なんでしょう」

マダムが一口飲んでから、感嘆して、それからぐうッと一息でコップを空けてしまった。

「強いねえ」

「だってお紅茶でしょ？　何杯飲んでも酔うわけじゃございませんわ」

「ふ、ふ、ふ」

信彦が笑って、これもマダムに倣って一気に呑《の》みほすと、

「もう一杯たまわれ」

と云って女給に空のコップを渡した。

「こちらも、なんだか昔の華族さんの若さまみたいね」

マダムが云った。

「そうそう、美《い》い男で、品があって」

女たちがすかさず囃《は》やしたてた。

「僕は駄目だよ」

信彦は真顔で云った。

「あなたと違ってね」

隆子の方を向き、それから女給の方にもう一度向き直って、

「僕は清家さんと違って、正統派じゃないんだ。御落胤《ごらくいん》なのさ。つまり妾腹ってやつだよ」

隆子は驚いて、その横顔を見た。

「面白かったね」

青梅街道《おうめかいどう》を走りながらハンドルを握って正面を見たまま松平信彦が隆子に云った。

「本当に面白かったわ」

隆子は喉《のど》から転げ出る笑い声を抑えきれずに返事をした。

全く面白かった。「ロゴス」の女給たちは、殆《ほとん》ど例外なく清家隆子を旧華族の令嬢と思いこみ、松平信彦をやはり名門の御落胤と思いこんで、自分たちの職場にそういう身分の人々を迎えたことを光栄と思っていたらしいのだ。それは戦後十何年もたって、華族もなくなれば皇太子が民間人を妃《きさき》に迎えた時代の出来事とは思われないほど滑稽《こっけい》な情景であった。

しかし隆子が面白かったと答えたのは、それだけの理由からではなかった。レモンジュース、いやジンフィーズ二杯で酔い心地になった清家隆子にとって、「ロゴス」での一時間で、何が一番面白かったかというなら、それは自分が清家の姫君に化け終《お》うせていたということであった。

「お姫さま、乾杯」

「お姫さま、頂きます」

「またどうぞいらして下さいね、お姫さま」

女給たちは一目で清家隆子が豊かな家の娘ではないことを見抜いていた。しかし運のいいことに、戦後の華族の大方は、明治維新の後の士族のように、貧乏になっているという常識が女給たちにまで行き渡っていた。だから殆どの女たちは隆子を堂上華族の清家の令嬢だということを疑わなかったのである。それには松平信彦が、同じ華族でも僕は妾腹だと深刻な一言を洩《も》らしたことも効果があった。それはその瞬間、隆子を信じさせたし、隆子の目に宿ったいたましげな表情を客商売の女たちが見逃す筈はなかったのである。

隆子は、ひょっとすると松平ユキが弟の信彦に、本当に隆子は清家の一族だと吹きこんでいるのだろうかとも思ったりした。しかし、ハンドルを握りながら「面白かったね」と信彦が云ったところを見ると、隆子が華族と何の繋《つな》がりも持たないことを知っていたからに違いなかった。

ジンフィーズの甘い酔いの中で隆子は賢く事実を反芻《はんすう》することが出来た。だから笑いを抑えることが出来なかったのだ。あらためて、本当に面白かったと思った。

「妙なものね、あんな冗談を半ばでも本気にする人たちがいるのだから……」

隆子はそれでも面白かった理由について、自分がその冗談とは無縁だったとでも云うように感想をつけ加えた。

すると信彦が、ぴしりと、まるで非情な口調で、相変らずハンドルを握り真正面を見ながら、こう云ったのだ。

「君も悪くない気持だっただろう?」

隆子はビクッとした。それまでだらしなく背をもたせかけていたシートから、急に姿勢を正そうとした。咄嗟《とっさ》に返す言葉はなかった。

「つまりね、パルファンの商法というのがそれなんだよ」

「……………?」

「貧乏人でも良い家系があれば金の無い分の埋め合わせみたいに思うくらいだもの、金のある連中は、どのくらい誇るべき家系を誇りたいか分らない」

「…………」

「奥様、本多様のお郷里《くに》はどちらでいらっしゃいますの?」

信彦は急に松平ユキの口調を真似《まね》てやり出した。隆子は息を呑んで、その美しすぎる横顔を見守っていた。姉弟とはいえ、あまりにも言葉の調子が似ていたからである。それに一度は隆子も聞いたことのありそうな話であった。

「熊本県でいらっしゃいますの？　まあ、やっぱり。御紋は何をお使いで、丸に根つきの三つ葉葵《みつばあおい》、まあ、やっぱり。私どうしましょう、失礼ございませんでしたかしら。それは山崎本多といって、戦国時代よりずっと前の名家でいらっしゃいますわ。御本家は元子爵でいらっしゃいましょう？　そりゃもう、分家が御本家を凌《しの》ぐ勢でいらっしゃいましょうけれど。道理でお品がよくっていらっしゃると思いましたわ。いつもそうお噂《うわさ》してましたのよ、ねえ、小式部さん」

信彦の形のいい薄い唇が行儀よく動く度に松平ユキの声色がなめらかに滑り出て、まるで止《とど》まるところを知らない工合だった。

「いやだわ、先生のことをそんなに茶化して。弟だって許せないわ、私」

到頭たまりかねて隆子は途中で遮《さえぎ》るように云った。信彦は、ひょいと隆子を一瞥してから、

「だって約束したじゃないか」

「何を？」

「こないだ、あのお客様は誰だと君が訊いたとき、この次教えてあげると僕が云ったろう？」

五十万円ほどの夜会服を仮縫しながら、たった二百万円という水色の美しいアクワマリンを見せびらかした客のことを隆子は思い出した。

「初めて私がお店に出たときのことかしら」

「ハンドバッグを取りに出てきたときのことさ」

「ええ」

「あれが、つまり本多子爵の御分家の奥さまなんだ」

「本当？」

「ウソだよ」

「まあ」

「戦後のゴタゴタで軍の鉄材をちょろまかして成上がった金持が、彼女の亭主だよ。戦争前に裏長屋にでも住んでたんだろ。それでなくて買ったものの値段を一々云うものか」

「それが本多子爵の……」

「君が新宿のバアでちょいといい気持になる程度のことが、もっと金をかけて、もっと道具立てを構えれば、もっと大仰に成立つわけだ」

「…………」

「従いましてパルファンは名流名家の貴婦人ばかりがお顧客《とくい》でね。松平ユキに華族の一族だと折紙をつけられた馬鹿は、今度はよそへ行って、私は山崎本多の子孫なんざますのよ、主人はそういうことを云うのが嫌いな人なんざんすけど、と云うにきまっているからねえ」

「…………」

「パルファンはそういう連中の特殊浴場さ。特殊浴場は半裸の女の子が露骨に男を恍惚《こうこつ》とさせるわけだがね、パルファンは金持女のマスターベーションを手伝ったあとで、その分のお金を頂だいするんだよ」

「…………」

「成上がり者に爵位を授けちまうんだから、一枚の洋服に百万とったたって、二百万とったって安いものさ」

「…………」

「驚いたことにはね、にせの名流夫人が、今度は本物の旧華族を紹介して寄越すことだよ」

「…………」

「これには流石《さすが》の僕も驚いたね。華族の一族になった女は、いい気持で本物に向うと自己暗示にかかって、パルファンは家筋の正しいところのものしか作らないんでございますのよと自慢するのさ。すると、本物はパルファンに行かなければ本物でないことになると思って慌ててやってくる。すると松平ユキ先生はこう云うのさ。まあ光栄でございますわ、お姫さま。有難くてお代は頂けません。……国産の布地を使って、手をぬいて仕立てて、値段はデパート並みにしかとらないんだ。その代り、本多さまの奥さまにはこのお値段を仰言《おつしや》らないで下さいましねと囁《ささや》くのさ。安ければ、とても仰言るものじゃないよ。高ければこその自慢なのだからね」

「………」

「皇族だって、店のお顧客にはいるんだぜ。最初に現れ給《たも》うたのは鳴海宮妃殿下《なるのみやひでんか》さ」

「まあ」

「あすこは小松宮《こまつのみや》と違って財産がないので年がら年中ピーピーしているところだよ。そこでパルファンはどうしたと思う？」

「どうしたの？」

「飛切り上等のフランス製の絹レースをふんだんに使って、眩《まばゆ》いばかりのローブデコルテを作ったたね。妃殿下はそれを宮中の式典でお召しになった」

「………」

「お金のない筈の鳴海宮妃が、眩いばかりの正装で現れたのだから、やんごとない人々は目を瞠《みは》ったさ。パルファンと致しましては、十二分の広告はして貰《もら》ったわけだから、デザイン料はおろか、お仕立賃も布地代も頂かない。献上しちまったのさ」

隆子は深く息をついた。ジンフィーズの酔いはさめてしまっていた。これだけのことを教える為《ため》に、「ロゴス」の女給たちを総動員した松平信彦の頭のよさに感服していた。

「それみんな、あなたの知恵?」

「まさか」

一言のもとに彼は否定してから、云った。

「それだけの知恵が自分にあったら、パルファンのドアボーイをしていませんよ」

「松平先生のアイデアなのね」

「まあ今のところはそう思っていたらいいだろうさ」

「どういう意味?」

「実は松平ユキがもう例の暗示にすっかりかかってしまっているということだよ。松平公爵の落胤という、ね?」

「ああ、さっき『ロゴス』であなたが云ったこと、本当だったの?!」

「御冗談でしょう。僕の本名は……」

「あ、そこ右へ曲って下さい」

危うく通り過ぎるところだったので、車は前輪をキキーッと鳴らして右折した。隆子の躰《からだ》は運転している信彦の方に全身で倒れかかった。あっと思ったとき、信彦の右手が隆子の上半身を背から抱きかかえ、左手で平然と運転を続けている。

「そこ、右へ」

隆子は起き上がろうとしながらも、家の方向を指示しなければならなかった。信彦は黙って、隆子の云う通りに車を動かしながら、しかし隆子を抱いている右腕の力は少しもゆるめなかった。

「ここです。ここで止めて」

「この家？」

「いいえ、その路地を入ったところなの。この大きな車じゃとても前まで行けないわ」

「お送りしましょう」

「いいわよ、ここで」

「いいえ、大事なお姫さまだから」

お芝居はまだ終っていないのかと思って、隆子はかすかに笑い声をたてた。片腕に抱かれたことで、何も動揺していないことを誇示するためにも笑わなければならなかった。

二人は並んで暗い路地に入った。真夜中の小市民の住宅街はひっそりとしていた。ごく普通の二階建ての家の前で、隆子は立止まると、信彦を見上げて云った。

「有難う。おやすみなさい」

「こちらがお邸《やしき》ですか」

「そうよ、清家さまのオヤシキよ」

ちょっと燥《はしや》いで返事したとき、隆子の可愛い頤《あご》に信彦の指先が触れたと思うと唇が重ねられた。それは、ごく淡白な接吻だった。

信彦の顔が離れたとき、隆子は平静な口調で訊いた。

「さっき途中で切れてしまったけれど、あなたの本名はなんて仰言るの」

「中村三郎。どこにでも、いくらも転がっている名前だろ?」

隆子は、にっこり笑ってもう一度云った。

「おやすみなさい、三郎さん」

「おやすみなさい、お姫さま」

隆子は形ばかりの門を開けて中へ入ると、すぐ鍵をかけた。路地を戻って行く松平信彦いや中村三郎の足音がコッコッと遠のいて行くのが聞こえる。

隆子は徐《おもむ》ろに手の甲で唇を拭《ぬぐ》った。門灯の鈍い光の中にそれをかざしてみると、かすかに口紅が走っていた。その瞬間、隆子の脳裡《のうり》にはパルファンに初めて入った日、縫い子の中で一番年配の小鷹利とも子が、隆子の白衣のブルーズの補正をしながら云った言葉が甦《よみが》えっていた。

「仮縫の間は、何度でも直しがききますからね」

小鷹利とも子の茶色くしなびた肌を、隆子は紅の走った自分の手の甲を眺めながら思い出していた。

私はまだ仮縫にも入ってない。松平信彦の、いや中村三郎の接吻などは、裁断前のチャコみたいなものだ。拭えばこの通り、布地もいためる心配はなく消えてしまう。

クリーム色のクライスラーで送らせて、バアで散々いい気持にしてもらって、その上まあどれだけ多くの知識を彼は私に与えたことだったろう。オートクーチュール・パルファンの秘密が、すっかり一介の縫い子に過ぎない隆子に開陳されてしまったのだ。拭けば消えてしまうチャコのような接吻など、授業料にしたって安いものだ、と隆子は考えていた。それよりも、大人の知恵というか、商売のアイデアというか、世の中にはなんという巧みな生き方、やり方というものがあるものだろうという発見で、その夜隆子は二階の自分の部屋の布団の中に躰を横たえてからも、興奮して仲々寝つかれなかった。

松平ユキの商法に軍師なり影武者なりがいるのではないかという隆子の質問に、松平信彦は言葉をかわして答えなかったが、隆子がそれらしい人物に会ったのは、パルファンに入って一年もたってからのことであった。

もうすっかりパルファンの仕事場でのやり方にも間誤《まご》つかなくなって、小式部クミが縫製室（パルファンでは隆子たちの仕事部屋をこう呼んでいる）に入ってくると、

「お仮縫ですよ」

と云うか云わない内に立上がって、棚の磁石をとるほど、隆子の動作は機敏になった。

手が空けば、初めて松平ユキに褒められたときのように、仕事台の下に這《は》い込んで落ちているピンを拾っていた。

誰でも自分より技倆《ぎりょう》が上だと思い一日も早く追いつこうと思うから、誰の仕事でも喜んで手伝ったし、我儘なお客様の急な注文が出るときは徹夜で泊り込んででも千鳥掛けやボタンつけをした。

それというのも松平ユキの弟からパルファンの商法の秘訣《ひけつ》を教えられて以来、隆子は一日も早く一人前の洋裁師になりたいと思い、それには当面一番必要なのは技術だ、それもコツとか、ツボとかいうものだと考えたからである。その考えに基けば、ピンを拾っていても、仮縫の粗い針を使っていても、久世寿子の裁断を手伝って薄いチュールの端を両手で引張っているだけでも、隆子には楽しかったし、有意義だった。なぜならそういう隆子を嫌う者は誰もいなかったし、かなり皮肉屋の小鷹利おばさんだって、

「怖いみたいに、あなたはトリが早いわね」

と云いながらも、

「なで肩の人はネックポイントから脇《わき》に向ってどうしても、皺《しわ》が出るでしょ。昔はパットで調整したものだけど、この頃はなで肩を強調するからその分を肩で削るよりないのよね。当り前だけど、その削り方がいのちでね、下手《へた》に削ると同じだけ袖ぐりをくり下げるだけで、すっかりウェストラインを滅茶滅茶《めちゃめちゃ》にしちゃうのよ。だから、肩から肩を、

さっと一撫《ひとな》でして、浮いた分をとるの。分る？　前も、後も、こうするのよ。この撫で方がコツといえばコツね」

などと、仲々他人には教えたがらない秘法を伝授してしまうのだった。

隆子は面白くてたまらなかった。一口に洋裁といっても、戸田洋裁学院などの学校教育では、すぐに知識も技術も突き当りが見えてしまう感じなのに、ここでは洋裁の知識も技術も奥が無限に深いのだ。隆子は一日に一つでも、新しい知識やコツやツボを覚えれば、もうそれだけでその日一日が楽しかった。パルファンが隆子に支払う月給は意外なほど安かったのだけれども、親がかりの隆子はそれほど失望しなかった。月謝を払って教えて貰っていた頃とは比較にならないほどの勉強が、僅《わず》かでも月給を貰いながらできるのだから文句を云うどころではなかった。

こんな隆子は誰からも好意を持たれていた。松平ユキが、

「隆子さん、ちょっと」

新入りの彼女を名指して自分の部屋へ呼ぶことがあっても、他の先輩の縫い子たちからあまり嫉妬《しっと》も反感も受けずにすんだのは、隆子の人徳というより、彼女のこういう気構えが皆にも分っていたからだろう。

松平ユキの部屋は、階下の、例の真紅の客間とドア続きの部屋で、ここは明るいクリーム色と淡いグリーンで壁も家具も統一されていた。

ユキの背後について入って行くと、ソファにだらしなく信彦が長くなって仰臥《ぎょうが》していたが、松平ユキの後から隆子が来たのに気がつくと、さっと立上がって隣室へ消えてしまった。まるで隆子などに一度だって興味を示したことなどなかったように、素知らぬ顔をして出て行ったのが、おかしかった。もう半年以上も前に、クライスラーで高円寺の家まで送ってもらって以来、隆子は彼と一度だって口をきいたことはなかったし、まして彼の本名が中村三郎というのだということも誰にも洩らしたことがなかった。考えてみると、あの夜の彼の話は、どこまでが本当で、どの辺から嘘《うそ》なのか見当がつかなかったし、それに隆子が信彦と親しいことが誰に知れたところで隆子自身の為にならないことは誰よりも隆子が知っていたからである。

あの夜から今日まで、幾度となく顔は合わす機会があったが、それは皆この建物の中でのことで、だから信彦はいつも素知らぬ顔だ。まるで隆子など眼中に入らないような、というより何事にも興味がないというような倦怠感《けんたいかん》をたたえて、彼はいつも隆子の前をよぎっては過ぎた。

最初のうちは、流石の隆子もむっとして、黙殺されることの不快感を味わったが、この頃では馴れるというよりも別の考えから、信彦のそういう態度を見るのが好きになった。

信彦が、隆子の存在を無視するごとに、彼女は胸の中で呟《つぶや》くのだ。

「いいわよ。この前あなたは私の唇にチャコを置いたけれど、私はいつかあなた全体を裁断して仮縫してみせるわ。待ってらっしゃい、三郎さん」

男を仮縫する――なんという楽しみな夢だったろう。

十三人いる縫い子の中で、多少でも隆子が頭角を現し、松平ユキにとって小式部クミのように無くてはならない存在になれるとしたら、そのときは信彦ぐらい簡単に仮縫してしまえるだろう。

仮縫――それはなんという夢多い状態だろうか、と隆子は折に触れて思うのであった。仕立上げてしまえば、それは隆子の手を離れ、パルファンを巣立ってお客様の洋服簞笥《ようふくだんす》に納《しま》いこまれてしまうのだけれども、仮縫している間の、仕立上がりを夢想しながら布の感触を楽しむ愉悦は、洋裁学校で自分のものを仕立てていた頃とは較べものにならないほどの胸がときめくほどの喜びがあった。

初めの頃はピン拾いと本縫に入ったドレスの裾《すそ》などの千鳥掛けが隆子の仕事であったが、次第に彼女の針の運びの早さに気がつくと、久世寿子が裁断したものの仮縫や、松平ユキと小式部クミの二人が補正した後の二度目の仮縫などが、隆子の主な仕事になっているのであった。

最初の仮縫には、色物にはシロモと呼ばれる白い木綿糸を使うが、白っぽいものには逆に赤い絹糸を使う。

それらが金と銀のハサミでパチパチと切られ、抜かれ、松平ユキと小式部クミのピンと差し変えられると、すぐそれを縫製室へ持って帰って、お客様がお待ちになっている間に二度目の仮縫をしてしまうのが、パルファンの特徴であった。

このときは、布地と同じ系統の細い糸を使って、前より細かい目で縫う。これは我儘な客がしびれを切らす前に仕上げなければならない大変な仕事であった。可能な限りの人数が、一つのドレスに飛びついて、及ぶ限りの速度で仮縫を仕上げるのである。隆子は、このときの仮縫が彼女に与えられる現在の仕事の中で一番好きであった。馴れるに従って、誰より早く針が動くのも得意であった。

松平ユキと小式部クミと、そして時には信彦が、仮縫を待っている間の客を退屈から救う役目をしていた。四方山話《よもやまばなし》から始まって、

「まあ奥さまのお髪《ぐし》は、なんて美しいんですかしら。どうやってお手入れなさってらっしゃいますの？　あ、櫛田《くしだ》さんのところで、まあ、やっぱり。でも生れついてお美しいのですもの、櫛田さんも大喜びでブリーチしていらっしゃるんじゃございません？」

早口で云えば歯の浮くような、遅く喋《しやべ》れば嫌味で聞いていられないようなお世辞を、松平ユキは雅《みやび》やかにさりげない調子で振りまきながら、相手の趣味に従って音楽、芝居、宝石、有名人のスキャンダルの裏話等々、話の種が何であれ、上手に話をあわせて御機嫌を取結ぶのであった。

やがて程なく二度目の仮縫が出来上がってくる。

「まあ早いわね。こんなことが出来るところは他にないわよ。だから私はこのお店が大好き」

お客様は上機嫌で、縫目のさだかに見えないものを着て、金塗りの彫刻で枠をとった大きな鏡の前に立つ。

「ピタリだわ。でも、ちょっと脇がきつい」

「まだ切ってございませんから。それは大丈夫でございます」

「うまいわね。これなら一度の仮縫でOKじゃないの。直すとこなんかないわ」

「でも奥さま。お高い布地なのでございますすし、仮縫をゆるがせに致しますと、仕立上がってからではどうしようもない狂いが出ますもの。もうちょっと御辛抱あそばして」

今度は小式部クミは後にさがって、松平ユキだけが補正をする。ピンの落ち方は第一回の仮縫のときほどひどくはないから、たいがい一人か二人の縫い子が半袖《はんそで》の白衣を着て手に磁石を持ち落ちたピンを拾っていれば用が足りる。近頃ではこの二度目の仮縫には必ず隆子が出るようになっていた。隆子自身がつとめてその機会を持とうとしたからでもある。

小鷹利おばさんが、

「隆子さんはよくよく這いまわるのが好きなのね？」

と嫌味ともつかないことを云ったことがあったけれども、

「ええ、そうらしいわ」

隆子は明るく返事していた。その実、彼女は内心で、

「這いまわっていても、耳からも目からも、知識と技術を身につける機会が飛込んでくるのよ。縫製室にいるだけでは、いわゆる商法の勉強は出来ないのだわ」

と、磁石を持ってピン拾いをすることを嫌っている人々の愚かさを嗤《わら》っていた。

だが誰も、こうした清家隆子の本心は見抜けなかったようであった。

最も賢く知恵者であるとも思われる松平ユキでさえ、一年たつうちに隆子のまめまめしい働きぶりを愛《め》でるようになっていた。

「隆子さん」

松平ユキは自分の部屋の自分用のソファに腰をおろすと、ちょっと信彦の消えた方を目で追ってから、隆子を見上げて、

「おかけなさいな」

と云った。

「明日の夜ね、あなた何か御予定があって？」

「いいえ」

パルファンに来てから、隆子は予定というものをたてることができなくなっていた。

お金をふんだんに使う人々は、それだけ気まぐれで我儘だった。パルファンのお客さまは、明日のパーティーに間にあわせろなどと仮縫の日になって急に云いだしたりするのである。そうなると、縫い子たちはテンテコマイの忙しさになるのであったし、一番若輩の久布白マサ子と清家隆子の二人はどうしてもそれを後にして帰ることは許されなかった。世の中では若い者ほど権利が主張できるのに、パルファンの縫製室には封建的な気分が濃厚だった。ともかく、いつなんどきどんなお客が何を云い出すかしれないので、隆子はこの一年というものボーイフレンドとろくにデートしたこともないのであった。

松平ユキは、もちろんそういう隆子を知っていたのに違いなかった。そして隆子の方でも、ユキがそう質問してくる後には、どういう言葉が用意されているのか漠然とだが知っていた。かりに明日の夜に予定があったとしても、清家隆子はやはり、

「いいえ」

と答えたに違いなかった。

「そう」

松平ユキは予期していた返事をきいたように、さりげなく肯《うなず》いてから、

「それじゃ明日は少しお洒落をして出ていらっしゃい。音楽会に連れて行ってあげますからね」

と云った。

「まあ嬉《うれ》しい。有難うございます」

飛上がって喜び、それから行儀よく頭を下げてから、隆子は訊いた。

「先生、なんの音楽会ですか？」

「ハチャトリアンよ」

「え？」

「知らないの？　いけませんね、洋裁師に必要なのは洋裁の勉強だけじゃないのよ。芸術全般の知識と理解力がなくちゃ一人前とはいえないのよ」

「はい」

「世界的な作曲家がロシアから来たのよ。指揮者としても有名だわ。それが日本のオーケストラを指揮して自分の作曲を演奏するの」

「分りました」

「ハチャトリアンは難解な曲じゃないから、あなたでもきっと分ると思うわ。クラシックは誰のものが好き？」

隆子は正直に本音を吐いた。

「私、ジャズの方が好きなんです」

「困った人ね。少なくともパルファンのお客さまとは話があわないわよ」

「はい。勉強します、分らなくても」

松平ユキは喉の奥でコロコロと笑った。

「あなたは正直で、本当に気持のいい人ねえ、隆子さん！」

このとき奥の部屋から信彦が、音もなくすうッと出てきた。仕立おろしのようなチャコールグレーの背広を着ていた。

「信彦」

ユキが呼ぶと、彼ははじめてそこに人間のいるのに気がついたように振り返った。

「私、明日のハチャトリアンは隆子さんと行くことにしたわよ」

信彦は隆子を一瞥してから、気のなさそうな声でいった。

「女同士でかい？　気がきかないなあ」

そのとき玄関に人の訪れを告げるオルゴールが鳴り響いた。松平ユキの表情は一瞬にしてひきしまった。

「実吉《さねよし》さまだわ」

「うん」

信彦も、一分の隙《すき》もない青年紳士になって、急ぎ足で玄関の方へ出迎えに出て行った。

音楽会――。

松平ユキと清家隆子は、産経ホールのA席に今度は並んで腰を下ろした。今度は、というのは、パルファンを出るとき信彦が例のクリーム色のクライスラーの運転席に入って中から後席のドアを開けると、

「あなたは前にお乗りなさい」

松平ユキが隆子を顧みて云ったからである。それは使用人の当然坐《すわ》るべき席であった。隆子は複雑な思いを噛《か》みしめながら久しぶりで信彦の隣に腰を下ろした。彼は相変らず隆子を黙殺して滑るように夕迫る街の中を車を走らせながら、

「帰りはどうするんだい?」

ぶっきら棒に背中でユキに訊いた。

「そうねえ、どうしようかしら」

ユキは考えるように間を置いてから、

「いいわ、久しぶりに夜の銀座へでも出てみるわ、隆子さんを連れて」

と云った。

「女二人でかい?」

「そうよ」

「へええ、ああそうですか」

「なんです信彦、その云い方は」

「女二人でバアへ出て何が面白いのかと思ったのさ」

「そうかしら。そういう意味だったかしら」

「そうですよ」

「信彦、あんまり姉さんの気に障る云い方はしないで頂だいね」

この姉と弟の関係の不思議さには、かねてから隆子は関心を寄せていたが、この短い会話の中に隆子のまだ知らない異様なものが隠されていることは、熱いものの傍《そば》に立ったときのように感じとれた。信彦の言葉には皮肉の棘《とげ》があり、松平ユキの物静かな口調には激しい怒りが込められていた。もし隆子が同じ車の中にいなかったら、二人のやりとりはもっと凄いものになっていたのではないかと容易に想像がつくようであった。

あれは全く奇妙な会話だった——と、隆子は産経ホールのシートでようやく松平ユキと並んで腰を下ろしてからも考えこんでいた。六時半開演に六時きっかりについてしまったので、客席に人影はまばらだったし、入ってきても自分のシートを見定めてからロビーへ出る人たちが大半だったのに、松平ユキは入口で今日のプログラムを二部買うと、すぐ席を見つけて腰をかけ、一部を黙って隆子の膝へ乗せると自分はそのまま姿勢を崩さずに大阪のプログラムの頁《ページ》を繰って、ハチャトリアンのプロフィルの紹介や曲目解説などを熱心に読み始めた。

隆子もそれにならってパラパラとめくっては横書きの活字に目を落としたが、すぐに倦《あ》きてしまった。彼女は活字文化よりもテレビ文化の方により強く影響されて育っているのか、本を読むのがもともと苦が手なのでもあったが、それ以上に音楽会の観客席が次第に人々によって埋められて行く、幕あき前の落ち着かなさが隆子にものり移っているのかもしれなかった。

やがて隆子は松平ユキの肘《ひじ》を突っついて云った。

「先生、先生」

「なあに？」

プログラムから顔をあげたユキに、

「橋本さまが、奥さまとお嬢さまと、あそこにいらしてます。それから、女優の綾部京《あやべ》子が、ほら……」

ユキは一瞬強い目をして、隆子の顔を咎《とが》めるように見ると、隆子の指さす方を振り返りもせずに黙ってプログラムに目を落とした。それは、いかにもクラシックの音楽会でのエチケットに反することを清家隆子がしているので、口に出して叱《しか》る気にもなれないという様子に見えた。

初めて先生のお伴《とも》をしたというのに、とんだ失敗をしてしまったのかと隆子はヒヤリとして首をすくめたが、それでもＳ席《スペシャル》に入る女客たちを見ることはやめなかった。

隆子たちが坐っているA席には毛皮の衿《えり》をつけたオーバーを着た女の人も混っていたが、

S席に入る女の人々は殆ど例外なくサファイア・ミンクのコートかロシヤン・セーブルのストールなど、毛皮で躰をくるめていた。オートクーチュール・パルファンのお顧客さまも、五人や六人どころではなかった。外国から招いた音楽家たちによる音楽会の初日というものを、隆子が見たのはこれが初めてであったから、二階の正面に皇族が現れたりすると、もう夢中だった。前や横を見ているのでは足りずに、後を振向いたり振仰いだり、忙しく客席にいる客たちを眺めまわしていた。そういう隆子に、松平ユキは全く呆《あき》れてしまったものか、注意をすることもなく、ひっそりと坐ってプログラムを読み続けていた。

開演をしらすベルが鳴り響くころには、客席は超満員になっていた。日本の日本人ばかりで編成されている交響楽団に、ソロ・ヴァイオリニストと指揮者がソビエトから来て彼らをリードするというのだ。体軀《たいく》堂々たるハチャトリアンが、ロシア人というよりはインド人に近い風丰《ふうぼう》でぎょろりと目を光らせながらステージに現れると、嵐のような拍手がどよめきたった。

隆子もつられて思わず拍手したのだったが、その間にようやく彼女は松平ユキの微妙な変化に気がついたのだ。

松平ユキの隣に、つまり隆子と反対側の席に、見たことのない中年の男が坐っていて、彼はそれまで見ていたプログラムを、さっとユキの膝へのせたのだ。それはどうやら、ユキがさっきまで見ていたプログラムを借りて目を通した後で返して寄越したものであるらしかった。ただ隣へ坐っただけの見知らぬ人間が、そういうことをするものだろうか。

隆子は拍手をしながら、そっと身をのり出して、その男の様子を窺《うかが》った。色の黒い、逞《たくま》しげな中年の男の横顔が見えた。躰もハチャトリアンに負けないくらい大きいらしく、手前にいる松平ユキがひどく小柄に見える。

勇壮な音楽が始められていた。ハチャトリアン特有の作曲を、隆子はパンチのきいた音楽として受取っていた。予期した程には退屈しなかった。だが、退屈しなかったについては、ハチャトリアンの威力と並んでもう一つだけ理由があった。なんといっても、松平ユキの隣にいる男が気懸りだったのである。

偶然席が並ぶとは考えられなかったし、様子ではどうやら男には他に連れがないらしかった。そして彼とユキとは特別に挨拶《あいさつ》らしい挨拶もかわさなかったのだし、シンフォニーを聴いている間も互いに緊張しあう様子もなく、実に気楽な姿勢で、もう何年も前から並んで音楽会の椅子《いす》に坐る習慣を持っている夫婦のように自然だった。

隆子はまた、しみじみと松平ユキのこの日の洋服も観察していた。それは実に目立つことのないアンサンブルだった。黒に近いチャコールグレーのフランス製モヘアを使って、シンプルなワンピースとコートに仕立てた、ごくなんでもない洋服で、しかもコートの上からは何のアクセサリーも見えないのであった。衿もなければボタンもつかない黒いコート。ただ布地の良さと仕立てだけがいのちである洋服を着ている松平ユキの感覚には、正直なところ隆子は頭が下った。ただ、たった今まで気がつかなかったのに、いつの間にかユキの左の薬指にダイヤモンドが、五キャラットはありそうな角ダイヤを中心にして細かいやはり角ダイヤを幾つも組合わせた豪華な指輪が燦然《さんぜん》と輝やいていたことであった。

それに較べて――と隆子は思わず自分の着ているものを見まわさないわけにはいかなかった。

「明日はお洒落をしてらっしゃい」

こう言われたので張切って、ベージュ色のオーバーの下にまっ赤な色をしたウールのスーツを着て出て来たのだ。それは長身の隆子にはよく似合っている筈だったけれども、松平ユキのさりげなさの隣にはいかにも猛々《たけだけ》しくて居工合がまことに悪い。

パルファンに一年いたおかげで、隆子はダイヤの値段というものについても若干の知識は持っていた。去年あたりから角ダイヤが流行していて、丸いダイヤのブリリアント・カットの輝やきよりも上品に光るのが持主たちの自慢であった。丸いダイヤは肉眼から傷《マーク》や亀裂を発見しにくく、それだけ安ものでも大きければ高価なように見せかけられるが、角ダイヤに限って、これは誤魔化しがきかない。傷ものは角ダイヤにすることができないのであり、原石から一つの角ダイヤをとるには著しく無駄をすることにもなって、角ダイヤの値段は日本では今鰻上《うなぎのぼ》りに高くなっているのである。

松平ユキの左手に光る角ダイヤは、清家隆子の素人《しろうと》判断でもまず五百万円以下ということは考えられなかった。黒っぽいノン・アクセサリーのアンサンブルと五百万円のダイヤモンド！

それと比較して色は赤くて派手だけれど国産のボタボタしたウールと、イミテーションの大仰なネックレスという隆子のいでたちは——。隆子は、自分が比較すべきでないことを比較している間違いに気がつかなかった。ユキの弟の信彦から、パルファンの商法の奥儀をきかされて以来、隆子は松平ユキの存在を、自分と無縁のものとは思えなくなっていた。いつかは、この人と同じことを私だってやってみせる。この直接的な決心が、隆子をパルファンの人気者に仕立上げているのだ。だから隆子はユキの指に光るダイヤモンドを見ても、それが自分に無縁のものとは思わなかった。パルファンからの月給は一万円そこそこでしかないにもかかわらず隆子は心の中で呟いていた。

「私だって、今にそのくらいのダイヤモンドを自分のものにしてみせるわ！」

ハチャトリアンの代表作である「剣《つるぎ》の舞」の曲が終ると二十分間の休憩があった。松平ユキの隣にいた男は待ちかねたように立上がるとロビーへ出て行ったが、ユキは坐ったままで再びプログラムをめくっていた。

「先生、お出にならないんですか？」

「ええ」

「私、お手洗に行って来てよろしいですか」

「どうぞ。ただね、お客様にお目にかかっても丁寧に頭を下げるだけで、口をきいてはいけませんよ。私がここにいるなんて云うんじゃありませんよ」

「はい」

隆子は立上がるとコートを脱いで、さっと客席を出ると、急いでレディス・ルームに飛込んだ。混んでいたが、並んで順を待つより前に隆子のしたいことがあった。それは手洗場の鏡の前に立って、自分の姿を見ることであった。真紅のスーツは、さっきユキと比較して悲観したほどのことはなく、隆子には仲々よく似合っていた。ただどうにもチャラチャラと光るネックレスは目障りなのでそれはとることにした。すると首のところの肌が、急に目に飛込んできて、隆子はもともと自分にはネックレスが必要でなかったということを知ることができた。私は若い！　彼女は自信を取戻した。この若さはおそらく、松平ユキのダイヤモンドに匹敵するだろう。私の若さは、この真紅のスーツに、どんなアクセサリーも必要としないのだ！

鏡に顔を近寄せて、スーツと同じ系統の口紅を念入りに塗り直すと、パチンと音高くハンドバッグの口金をしめて、隆子はロビーに出た。二十分間の休憩の間に、音楽会の華やかなロビーというものを充分に見ておきたかった。

それは想像したよりも贅沢《ぜいたく》な光景であった。S席《スペシャル》にいた大方の人々はロビーの中央を占領して、ある者は煙草《タバコ》を吸い、ある者はいかにも社交的に誰彼と忙しく挨拶をかわしていた。いわゆる各界のスターたちが、週刊誌やテレビで売れた顔を、人々に注目されるのを意識しながら、あちこちに二、三人ずつかたまって立っていた。無聊《ぶりょう》げにしている顔もあった。

それらは隆子にとって、まったく興味つきない眺めであった。彼女の目はいつか職業的に働いて、ロビーの中央にいる女たちの洋服とその仕立てを品定めしていた。流石に金をかけている人々が多かった。和服姿の女たちは、帯止めと指輪で、隆子の目をひいた。

宝石――。

パルファンに入るまでは隆子にとって全く無縁だった翡翠《ひすい》や、エメラルドや、スタアルビーなどを、指にはめ、胸許《むなもと》にちりばめ、無造作に帯止めにしている人たちの群を眺めながら、隆子はいつか恍惚としていた。贅沢とは、なんて美しいものなのだろう。本物の宝石には、高価なだけの値打ちがあるというのが、全く納得のいく眺めなのであった。

養殖真珠の一つも持ったことのない隆子は、こうして最高の贅沢をしている人々を眺めながら、しかし内心では少しも羨《うらや》ましいとは思っていないのだった。彼女は目につく限りのものが総《すべ》て、まるで必ず自分のものになるのだと信じているようであった。

「やあ」

急に肩を叩かれて、驚いて隆子は振り返った。こんなところで親しい人に会う筈はなかったからである。

「あ」

立っていたのは、さっきまで松平ユキの隣に坐っていた男であった。ハイヒールをはいている隆子よりずっと背が高く、黒い顔だがかなり男性的な顔だちで、目は小さいが油断のならない光り方をしている。咄嗟に隆子は、いつか信彦が仄《ほの》めかしていたユキの背後にある知恵者というのは彼ではないかと思った。

「君が、清家隆子さんだろう？」

「はい、そうです」

彼の小さな鋭い目が、もう別人のように優しく笑っている。

「話にはきいていたが、こんな綺麗《きれい》な人とは思わなかったなあ。君、幾つ？」

真正面から褒《ほ》められて、それも躰を抱き寄せんばかりに親しげに近寄ってきて訊かれるのには、流石の隆子も直ぐには返答ができなかった。

二部のプログラムに入るベルが鳴りひびいた。

「じゃ、後でね」

こう云って男は、さっさと客席の方へ行ってしまった。

演奏会が終ると、例の男はユキにも隆子にも何の挨拶も残さずにさっさと出て行ってしまった。

「じゃ、後でね」

と云われていた隆子は茫然《ぼうぜん》として、中腰になったまま後を見送っていると、

「ゆっくり出ましょ」

松平ユキは深々と椅子に腰を下ろしたまま、隆子をたしなめるような云い方をした。どうやらユキは、この音楽会に来ている知人の誰とも顔を合わせたくないらしかった。これもパルファンの商法の一つなのだろうかと、隆子は人まばらになるのを待つ間に考えることにした。ハイソサエティの人々は、いかにパルファンが日本に一つしかない高級洋裁店であっても、その店のマダムと音楽会などという公衆の面前で、同格に音楽を聴くことを潔しとしないのだろうか。

いや、そうではない、とすぐに隆子は気がついた。橋本夫人と令嬢に挨拶しているところを、もし本多夫人が見たなら、また何々の宮妃が御覧遊ばしたら、これは決してパ

ルファンにとって効果のある結果は招かない――。松平ユキが殊更人目を避けるように、S席が買えないわけでもないのにA席の一隅に坐っていたのも、それが理由であるのに違いなかった。

客席に殆どの人影がなくなってから、松平ユキはゆっくり立上がった。隆子はベージュのオーバーを羽織りながら後に従った。外に出ると、ホールから東京駅へ向って人波が続いていた。が、松平ユキはまっすぐに通りを突っ切ると人波と反対に右へ折れた。車が三、四台パークしているところで、彼女は急に戸惑ったような表情をして立止まった。

一台のグレーの車から、最前の男が現れ出た。

「まあ」

「驚いた?」

「シトローエンじゃないの?　なつかしいわねえ」

いかにも懐しげにユキはしげしげとその瀟洒《しょうしゃ》なフランス製の車を眺めていた。隆子の目には不当に鼻の長い、しかも鼻先が急につぶれた車の型は全く見馴れない珍しいものであったが、それがユキには何かの想《おも》い出を呼びさますものなのだろう。まるで見惚れてでもいるようだった。

「さあ、どうぞ」

後部のドアを開けて、男は隆子に云った。

「あら、私は……」

云いかけると、

「いいのよ、乗せて頂きなさい」

松平ユキは隆子に肯いてみせてから自分はさっさと車の鼻をまわって助手席のドアの前に立ち、男が中からドアをあけると身軽く躰をすべり込ませた。

妙な工合だった。来たときは厳然として助手席に坐らせたユキが、帰りはごく自然に自分から助手席の方に滑り込んだのだ。後の席に一人ぼっちになった隆子は、本当に妙な工合だった。

「大変失礼でございますけど、お安いんでしょ、この車」

「そうさ、シボレーの半値で買えるよ、去年から外車が安く入ってくるようになったからね。だけど、僕もちょっと昔を思い出したものだから。金が無いけど楽しかった頃をね」

「ああ懐しい。またパリに行きたくなった」

「今から計画をたてれば行けないことはないだろう。春のパリは全く美しいからな」

「マロニエが毎日息を吹き返すのよね。あんなに春を喜ぶ樹は日本には無いわ。ああ行きたい！」

「行けよ。僕はすすめるな。そろそろ行く時期だよ。パリも大分変ったらしい」

「マーケットがアメリカになってしまったからでしょう」

「そういうことだな」

強い匂《にお》いが漂ってきた。男が口に咥《くわ》えているパイプから吹き出される煙の匂いであった。だが隆子は前の二人の会話にもむせ返るような想いでいた。パリ。パリ。パリ。洋裁のメッカ、パリの都について、共通の懐しい想い出に浸りながら二人が口にするパリという音は、アクセントも日本人が云うパリとは違っていて、いかにもフランスに長く居た人間同士の会話であった。何年も前に、パリで邂逅《かいこう》し、パリで結ばれた二人——二人の会話も、二人の後姿もそれを物語っていた。

隆子はパイプタバコの強い匂いにむせかえりながら、心の中に俄《にわ》かに湧《わ》き起ってくる羨望《せんぼう》をどう抑えることも出来なかった。

私は松平ユキの指に輝やくダイヤモンドと匹敵する若さを持っている。

松平ユキの技術も商法も、間もなく私は手に入れることができるだろう。

だけど私にはパリがない。パリの想い出だけは作れない……。

「しかし行った方がいいな。その時期だよ」

前のシートの会話は続いていた。

「でも忙しくって」

「機会は作るものだ」

　隆子は驚いて口の中で男の言葉を繰返した。機会は作るものだ。機会は作るものだ。私がパリへ行く機会だって作れないことはない……。

「そうね」

「小式部にまかせて一ヵ月でもパリでのんびりして来いよ」

「小式部にまかせるの？」

「そうさ」

「大丈夫かしら」

「大丈夫だよ。その間、客が来なければ来ないで、やりくりに困ることもないだろ？　僕も春あたりに行こうかなと実は思ってるんだよ。どうだい一緒に行こうじゃないか」

「行きたいわ。魅力的で気が遠くなりそうな話だけど……」

　パリ行きの話はそこで途切れた。

「それより、差し当って私たちどこへ行くの？」

「田村町《たむらちょう》」

「ああ」

「君たち飯はどうなってるんだい」

　ここでようやく松平ユキは背後の隆子を振り返って訊いた。

「隆子さん、おなか空《す》かない？」

「空きました」

はっきり答えたので、運転している男は笑い出した。

「でもお夕食を頂く暇がなかったんです。ねェ先生」

「六時半なんて時間に始まるんじゃ、どうしてもそうなっちゃうわ。どうしてフランスみたいに八時頃から始めないのかしら。中途半端で御飯がろくに食べられやしないもの」

「では飢えたる女神たちを、まず御馳走《ごちそう》するのが僕の役目だな」

「隆子さん、相島《あいじま》さんよ、私の古いお友だちなの」

「はい」

「相島さん、清家隆子さん。私が今一番可愛がってる子なの。嘱望《しょくぼう》してるのよ、私」

「なるほど」

「なるほどなんて云い方ないでしょ。後のお嬢さんに御挨拶なさい」

「ボン・ソワール・マドモワゼル」

松平ユキは喉の奥で笑ってから云った。

「相変らずてれいやね、あなたったら」

甘いものだな、と隆子は驚いていた。てれいや男が、真正面から隆子に向っていきなり美人だの、なんのと云う筈があるものだろうか。相島が、どういう素姓の男か隆子にはまだ想像もつかなかったけれども、パリでシトローエンを乗りまわしていた若かりし頃とは相島が変貌したのを松平ユキは知らないのではないか。利口なようでも盲点というのは、あるものだと、隆子はひそかにユキを観察していた。

それから田村町の「ジョルジュ」というレストランに着くまでの間に、隆子の耳に止まった会話には、こういうものもあった。

突然のように相島が、

「三郎は元気かい？」

と訊いたのである。

「さあ、どうなのかしら、この何年か会ったこともないわ」

「なるほど。じゃ信彦君は？」

「ええ、おかげさまで、あの子は元気よ」

「そろそろヨメさんを探さなきゃならんだろう」

「そうね、でも当人は全くその気が無いんだそうよ」

「女なしでも平気でいられるっていうのかい？」

「存じません」

一言ごとに松平ユキの機嫌が悪くなって行くのがききとれた。後のシートにいる隆子は又しても奇妙な熱気を感じないわけにはいかなかった。三郎というのは中村三郎のことなのではないのか。ユキがそんな者には会ったこともないと答えたので、相島は信彦君はと訊き直したのに違いない。相島の質問する口調には、音楽会へ向う途中の車の中で信彦がユキに皮肉めいた云い方をしていたのと、どこか似通うところがあった。が、問題にならないほど相島の方が大人であった。彼の質問する調子には、なんの感情もこめられていない。だから、ユキの反応がその分感情的になった。

相島と信彦とでは、これは段違いだ、と隆子は考えていた。それから飛躍した考えが急に浮び上った。

松平ユキと信彦は姉弟ではないのではないだろうか！

そして相島と松平ユキは？

相島は三郎と同棲《どうせい》しているユキを知っている！

いったい、この三人は、どういう関係なのだろう？

たった今まで明るく奥まで見えていたパルファンの内幕が俄かに混乱して、隆子には全く何が何だか分らなくなってきたとき、シトローエンはまるで身軽く田村町の小路《こうじ》に滑りこんで、「ジョルジュ」の前に横づけにされた。

二階がレストランで、階下はカクテル・ラウンジになっているようだった。暖炉では大きな薪《たきぎ》が華やかな焔《ほのお》を噴き上げている。それを横目で見ながら、三人は階段を上がった。焔というものは、なんという盛大なものだろうかと隆子は思った。こんな豪華なレストランには隆子はこれまではいったこともなかったし、日本の中にこういう世界があるということも知らなかった。外国映画に出てくるのと同じものが、この日本にもあったのかと目を瞠《みは》るような想いだった。

テーブルにつくと、すぐにボーイが熱いおしぼりとメニューを運んできた。手を拭きながら、

「何にする？」

相島がユキに訊く。

「ペコペコだから……」

ユキは相島と話すときは、いつもの気取りッ気は微塵《みじん》もなくなり、まるで二十代の女の子のように隆子と同じ調子の言葉を使った。もっとも声の調子ばかりは隆子が到底真似もできないように美しかった。

「オニオン・グラタンと、ソール・ド・ムニエと、それからお肉は何にしようかしら」

「凄い食欲《しよくよく》だね」

「ハチャトリアンが、一々胃に応《こた》えるくらい空いているのよ」

「まあなんでも存分にお上がりなさい」

相島は笑って、隆子を見ると、

「ええと、あなたは何と云ったっけな」

「清家隆子」

答えたのは隆子自身ではなくて、メニューと首っぴきしている松平ユキであった。

「そうか、清家さんだったね。珍しい名前だから覚えにくい」

「清い家と書きます。隆は隆盛の隆です」

今度は隆子が云った。

「ああそうですか。清家隆子、いい名前だなあ」

相島が、目では隆子に笑いかけながら、松平ユキにきかせるように云った。なぜなら彼は、ユキに紹介される前に産経ホールのロビーで自分から隆子に近づいて「清家隆子さんだね」とはっきり云ったからである。彼が松平ユキの前でとぼけて見せているのは隆子には分りすぎるほどよく分った。しかも口とは別に、目で隆子に笑いかけてくる相島に、どういう表情で応えたらいいものか、隆子の心は戸惑ったが、驚いたことに隆子の口許も目も心が決まる前に反射的に相島に向い、大胆な微笑を返していたのであった。

「さて清家さんの御注文は何かな」

「なんでもいいんですけど」

「まあボリュームのあるものだろうな。テンダロインステーキはどうだい？」

メニューの肉の部の一番上にテンダロインステーキと値段が横書きになっていた。千五百円！　隆子はその値段に息が止まるほど驚いていた。

「あのォ、私……」

「牛肉は嫌いなの？」

「いいえ、でもこれ高過ぎます」

相島がいかにも気に入ったというように笑い出した。ユキも顔をあげてコロコロと笑い、それから相島に向うと、

「ね、いい子でしょう？　私、だから大好きなのよ」

と云った。

「いいね、若さが漲《みなぎ》ってるよ。実にいいな。君も仲々目がきくじゃないか。自分で探して掘出して来たんだろ」

「そうなのよ。仕事も確かだし、人間が正直だし、何より熱心で、小式部なんかとは人間の出来が違うわ。私も少し年をとったのかしら、信用の出来る人間の方が、仕事のうまいのより可愛くなってきたのね。この人は本当に清家さんのお嬢さんかと思うように人間がいいもの」

相島がちょっと驚いたような顔をして訊いた。

「清家隆子って、本名なのかい？」

「そうよ」

「そうなのか。僕はまた小式部の伝かと思っていたよ」

「小式部は、私の傑作だと思っていたんだけど、どうも名前だけだったらしいのよ」


値段表を見て驚いている隆子の為《ため》に相島が勝手に注文してくれたその夜の食事は、隆子が生れて初めて口にした贅沢《ぜいたく》な洋食であった。オードブルは一皿盛りでテーブルの中央に置かれ、松平ユキは葡萄酒を、相島はウイスキーを注文し、隆子の前にはシェリーが運ばれてきた。甘いシェリーは、空《す》きっ腹にはジンフィーズより強い刺戟《しげき》になった。熱いオニオン・グラタンが終ると、隆子はもう酔いを覚えてきた。

ユキも相島も酒に強いらしく、食事の間中水がわりに幾杯も飲んでいたが、飲みながら、食べながら、二人はまるで飲むことも食べることも会話の為の直接の肥料であるように喋《しゃべ》り続けていた。


「つまり私がパリに行けない理由は、小式部が安心して任せられる女ではないらしいということなの」

「それは困ったものだな。具体的にはどういうことがあったのだ」

「小式部を名指して注文するお客様が出て来たわ」

「なんだそんなことか。それだけの腕があるなら結構じゃないか」

「相島さんらしくもない間抜けたことを云《い》うわ」

「どうして」

「小式部が私の居ないところで、お客に自主制作をしたいと吹き込んでいるんですよ。でなくてお客が何を云うものですか」

「当人に反逆する意志があるのかい」

「でなくて何故《なぜ》お客にそんなことを云うの」

「しかし反逆させてみるのも一計だな」

「どういう意味なの」

「独立できる力があるようなら応援してやるさ。敵に廻《まわ》しては損だ。反逆して立往生するようなら、それでカタはつく」

「一人でやっていけっこないわよ。私のところではまだ五年にもならないのだもの。縫製室にいる子で、あれより腕のいいのは幾人だっているのよ。ちょっと品がいいから表に出しているだけで、別に腕がいいわけじゃないのだもの」

「その程度なら何も心配することはないじゃないか、やりたいようにやらせておけよ。結果が分ってるなら」

「だけど腹は立つじゃありませんか。明日にでも首を切ってやろうかと思ったのよ。かわりにこの子を使ってもいいと考えてるの」

「それは一計だな」

　驚いて顔をあげた隆子を、相島は絵描きがモデルを品定めするような目で正面から見据えていた。

　隆子が驚いたのは、パルファンでは松平ユキの二の腕のように遇されている小式部クミが、ユキからこのような評価を受けているという事実の他に、自分が待ち望んでいた扉が思いがけなく早く開かれたことであった。小式部クミの代りに自分が店に立つ――まだ久世寿子ほどの裁断の技倆《ぎりよう》もなく、小鷹利とも子のようなベテランには遠く及ばない私が――。

「私、さっきも云ったけど、人間は正直なのが一番だと思っているわ。その点、この人は本当に気持のいい子よ。裏表がなくって、それゃよく働くの。勉強家だし、他の人たちより倍も早く仕事を呑《の》み込んでいるわ。若いけど、こんな有望な人を見たことないわ」

「君がそう手放しで褒《ほ》めるのなら大したものだな」

　相島は本気か冗談か分らないような云い方をした。

　隆子は目の置き場に困ったが、ともかく食慾《しよくよく》に専念していた。大きな部厚いローストビーフが運ばれてきたが、隆子は端にホークを差し込むと次々とナイフで切って平らげ始めた。

「清家さん、ここの料理はうまいだろう？」

「はい」

「あははは、は。気持のいい返事をする。ユキ、君のいう通りに違いないな」

「でしょう？」

食事《コース》が終る頃には、松平ユキもほどよく酔いはじめていた。とろりとした目で満足そうに肯《うなず》き、隆子を見て笑った。魅力というより魔力のある目で、隆子は自分が男だったらこの視線の前では躰《からだ》が溶けてしまうのではないだろうかと思った。

「さ、帰りましょう。お嬢さんを帰さなくちゃ」

「清家さん、君の家はどこですか」

「高円寺です」

「じゃ、東京駅まで送ってあげよう」

ボーイが勘定書を持ってくると、相島は一万円札を二枚渡して、再び隆子を驚かせた。三人で食べて二万円！　若いサラリーマンの一ヵ月の給料を私たち三人は一夜で食べてしまったのか！

が、考えてみれば二万円の食事代に驚くことはなかった。五十万円のドレス、百万円のストール、五百万円の指輪の世界に、二万円の食事代など、ものの数ではない筈《はず》だった。小式部クミが失脚すると、私にはその世界へ今よりもっと近づくことができる。松平ユキにしたって、パリ時代には決して贅沢はできていなかったらしいではないか。私にだって機会は来る。

いや、相島は機会は作るものだと云った。そうだ。裁断する鋏《はさみ》はためらわない方がいい。その次に慎重な仮縫をすればいいのだから。

贅沢な音楽会の後、贅沢な食事をして、充分暖かく満足していた隆子は、東京駅の乗車口前で一人シトローエンから降りた。

相島がいかにも馴《な》れた調子で車から降りてドアを開いてくれたのだが、驚いたことに松平ユキも降りてきて、

「隆子さん、ちょっと」

相島に見せつけるように隆子の肩を抱いて、耳許《みみもと》で口早に囁《ささや》いた。

「今晩はずっとあなたと私と二人ッきりだったのよ。あなたを信用して色々な話をしたのは分ってるでしょう？　信彦には何を訊《き》かれても決して話さないでね。あの子はとてもヤキモチ焼きだから」

国鉄中央線の電車は朝のラッシュをすっかり忘れたようにガラガラに空いていた。隆子は緑の布で掩《おお》われた長いシートに腰をおろして、揺られながら今日の夕方から起ったことを快く反芻《はんすう》していた。

信彦の運転するクライスラーで音楽会へ行った。車中のユキと信彦の会話。

音楽会で人目に立たぬようにひっそり坐《すわ》っていたユキ。いつの間にかその隣に坐っていた相島。

休憩時間に、いきなり清家隆子と知って近づいてきた相島。しかもユキの前では口を拭《ぬぐ》ったようにとぼけてみせた彼。

音楽会のＳ《スペシャル》席に納まった上流階級の人々。

シトローエンと、「ジョルジュ」の食事。

小式部クミのこと。

車を降りてから相島のことを他言するなと釘《くぎ》を打ちに来たユキ。

その言葉はいつまでも耳に残っていた。

「今晩はずっとあなたと二人きりだったのよ。信彦には何を訊かれても決して話さないでね。あの子はヤキモチ焼きだから」

弟が姉の男に対して嫉妬《しっと》するというのだろうか。それとも、今日の夕方ふと思ったように信彦とユキとは血の繋《つな》がりのある弟と姉とではないのではないだろうか。中村三郎と松平信彦が同一人だということも信彦が云ったのは冗談や悪戯《いたずら》ではやはりなかったのだ。

清家隆子のこの確信は、翌日になって一層深められた。

二人のお客の仮縫があって、隆子は一日のうちに二度も例の真紅の部屋に入ったのであったが、この日の彼女は今までよりもっと生き生きとして磁石を手に落ちてくるピンを追っていた。小式部クミが澄ました顔をして、松平ユキと並んで仮縫の補正をしているのが、おかしかった。昨夜の松平ユキの云った言葉を録音テープにでもとっておいたら、それを今ここで例のシューベルトのかわりに流したら、小式部クミはどんな顔をするだろう。いずれ松平ユキから放逐される小式部クミの横顔を、仮縫補正の間にチラチラと見ているのは、隆子がこれまでに味わったことのない愉悦を覚えさせた。こうして隆子は人に不運の訪れるのを黙って見守ることのできる自分の変化には気がつかなかったのだ。隆子に理性がなかったわけではない。ただその理性は隆子にこう囁きかけていた。大人の世界では、こうして事が運ぶのだと——。

「隆子さん、ブラシを」

小式部クミは、そうとも知らずにパルファンのマダム然として隆子に用を云いつける。隆子は反射的にハイと出そうになった返事を喉許《のどもと》で呑み込んで黙って玄関へのドアを開けた。

隆子と認めると、信彦がさっとドアを閉めて、隆子の前に立った。

「ブラシがいるのよ」

「そこにあるよ」

「急いでるのよ。ドアを開けて頂だい」

「昨夕《ゆうべ》は何処《どこ》へ行ったの？」

「音楽会よ」

「その後は？」

「お食事したわ」

「誰と？」

「先生と私よ」

「嘘《うそ》だよ」

「嘘なんかどうしてつくの？」

「嘘だという顔をしているもの」

「本当よ」

「何処で食事をしたのさ」

「レストランよ」

「なんていうレストラン！」

「三郎さん！」

隆子に本名を呼ばれて流石《さすが》の信彦も慌てたらしい。

「大きな声だね。僕は信彦だよ」

「急ぐのよ、布地に何かのケバがついてて取らなきゃならないのだから、邪魔をしないで頂だい」

「今夜、僕とデートしない？」

「開けて！」

「約束すれば開ける」

「開けてったら！」

小声で押し問答して、どうとも約束しないうちにドアを開けさせてから部屋に戻ると、

「遅かったわね」

小式部クミが客の苛立《いらだ》ちに代って眉根《まゆね》を寄せて隆子を叱《しか》った。

「ちょっと見つからなかったんです。お待たせしてすみませんでした」

客の前で叱られたときは決して反抗しないというのがパルファンで働くものの鉄則であった。此処《ここ》では何事も客の機嫌をよくする為にというのがモットーであった。

二度目の仮縫が終ったドレスに、軽くブラシを宛《あ》ててケバをとると、若いお嬢さんは鏡の中で満足していた。

「ライラック色の帽子を作ったのよ。フラワーハットの派手なの。この服にぴったりすると思うわ」

「まあ拝見させて頂きとうございましたわ。お嬢さまはお肌が本当に白くていらっしゃいますから、紫系統はよくお似合いになりますわ」

「手袋は白でいい？」

「結構でございます。お帽子と揃《そろ》えて薄い紫色もよろしゅうございましょう」

「私の持ってるベレンの革の手袋は紫色より藤色《ふじいろ》に近いのよ。ちょっとあの帽子とは揃わないな」

「お帽子と手袋を拝見して、中間の藤色のスカーフをお作り致しましょうか。ノーカラーが流行しておりますけれど、それにスカーフをつけるのも今年の流行でございましてよ」

「そうねえ。だけどまた来るの面倒臭い」

「こちらで拝借にうかがいまして、このドレスの仕立上がりと一緒にお届け致しましょう」

「そう？　じゃ、そうして頂だい」

鏡の中で気取っていた令嬢の姿勢が急に崩れた。間髪を入れずに小式部クミが脱がせにかかる。二度目の仮縫にはあまりピンを打たないから、これはそれほど神経を使う仕事ではなかったが、脱ぐ方はもうすっかりモデルのような仕事に倦《あ》きがきて、疲れも出て、あまり機嫌がよくないので、その方の神経は使わなければならないのである。

清家隆子は、そうした細心の気配りをしている小式部クミを、射るように見詰めていた。間もなく私はこの人にとって代るのだという意識がある。小式部クミの一挙手一投足に隆子は間断なく注目し、自分のものとしようとしていた。

二人目の客のときには、最初の仮縫を終えて二度目のを待つ客に、靴を脱がせるために隆子はスリッパをとりに玄関へ出た。二度目の仮縫は手早い隆子が主任のような仕事なのに、そういう雑用をしたというのは、信彦ともう一度会いたかったからに他ならない。男をじらすのは、女にとって二度でも三度でもやってみたい悪戯だったから。

ドアが開いたので、さっと立上がった信彦は、隆子と認めるとポケットに両手を突っ込んで、見守っただけだった。スリッパをとるためにかがんだ隆子の背に、

「七時に出てね。後から車ですぐ追いつくから」

と云った。哀願のようにも、命令のようにもとれる調子であった。

スリッパを取った隆子は、じっと信彦を見返した。肯きもせず、かといって否定もしないで、心の中では虚々実々というのはこの事だな、と思っていた。その実、隆子は自分でも七時に出るか出ないか、分っていなかった。

その日、隆子は自分の分の仕事をゆっくり手間をかけて七時きっかりに外へ出た。クリーム色のクライスラーは表参道へ出ない内に隆子に追いついて、二人はごく自然に恋人同士のように前のシートに並んで坐っていた。

「また新宿ですかね」

「高円寺まで送んなさい」

「遠いよ、帰りに時間がかかる」

「それじゃ此処で降りるわ」

「ご免なさい。送ります。送らせて頂きます」

隆子は快げに笑い声をたてた。信彦の目的は分りすぎるほど分っている。彼は相島という男の存在を知っていたのだから、松平ユキが昨夜その男と一緒だったのではないかどうか探りを入れるために、隆子の機嫌までとろうとしているのだ。

隆子も、いつぞやの夜の接吻の想《おも》い出にひかされて、おめおめと信彦の誘いにのったわけではなかった。彼女自身が相島という男について非常な興味を寄せていた。そして相島についての知識を得るには、信彦以外に適当な相手があるとは思えなかった。

三郎さん、私たちは同じ目的でデートしているのよ。あなたはそれに気がついていないようだけど——隆子は心の中で呟《つぶや》き、そして唇の端に微笑を浮べていた。私はどうやらだんだん人が悪くなっていくようだけれど、これがきっと大人になるということなのだろう——そう思っていた。

「昨夜は何処へ行ったんだい？」

「ハチャトリアンの演奏会よ。産経ホール」

「僕が送ったんだから知ってるよ」

「………」

「音楽会のあと、何処へ行ったの？」

「レストランって云ったでしょ」

「なんていうレストラン？」

「名前は忘れちゃったわ。でも、あんな豪華なレストランが日本にもあったのかと思っちゃった。暖炉に火が燃えてておいしかったわ。本当に昨夜は楽しかった」

隆子は半ば信彦をじらす為に、半ばは自分でも思い出してうっとりしながら、昨夜の「ジョルジュ」での会食を思い出していた。

「何処さ」

「え？」

「そのレストランは何処にあるんだい」

「何処だったのかしら。よく分らないわ。私って道カンがないのよ」

「銀座？　六本木？」

「何処なのかなあ、はっきりしないわ」

「誰と行ったの？」

「先生と私と二人よ」

「嘘つけ」

　ここで隆子は態勢を立て直した。ぬらりくらりと質問をはぐらかしていても、いずれ尻尾《しっぽ》は握られてしまうに違いない。それよりもこちらから信彦に質問を切返した方が、ずっと賢い方法ではないだろうか。攻撃は最大の防御だともいうから。

「三郎さん」

「誰のことだい？」

「あなたのことよ」

「お間違えなく、僕は松平信彦ですよ」

「あらそうでしたの。ご免あそばせ。私は中村三郎さんって方に伺いたいことがあったのだけど」

「君」

　恰度《ちょうど》シグナルに赤が出て車にブレーキをかけたところで信彦は強い目をして隆子を顧みた。

「中村三郎って誰のことだい？　おかしな冗談はよせよ」

「冗談？　だってあなたが僕の本名は中村三郎だって自分から私に教えたのよ」

　信彦は全く忘れてしまっていたらしく、驚いてからギヤを入れた。走り出した車の中で、信彦はしばらくクスクスと笑い、

「ご免よ、どうも無責任なでたらめを云ったらしいな。清家さんはまじめな人なんだね。

冗談を本気にとるとは思わなかった」

「あれ冗談だったの」

　肯いて、

「そうだよ」

　と云った。隆子はそれをすぐ信用する気にはなれなかったが、

「悪い人ね、私はどういうことかと思ってしばらく訳が分らなくて悩んでいたのよ」

「姉さんに訊けばよかったのに」

「そしたらすっかり笑われちゃうところだったわ」

「いや、姉さんは正直な人が好きだからね、いよいよ清家さんを好きになってるよ」

「先生は私をお好きかしら」

「大好きだそうだよ。傍《そば》できかされると嫌ンなっちゃうくらいだよ」

「どうして嫌ンなっちゃうの」

「僕はヤキモチ焼きだからね」

　隆子は驚いて、信彦の端麗な横顔を見た。松平ユキも弟はヤキモチ焼きだと云ったが、弟が姉に対して独占欲を持つということが、やはり本当にあることだったのだろうか。

　多少混乱したが、隆子はすぐ立直った。

「じゃあ信彦さんはヤキモチで先生の行動を詮索《せんさく》するんですか」

「どうして？」

「だってヤキモチ焼きだって御自分のことを仰言《おつしや》ったじゃありませんか」

「それは違うよ」

「どう違うの？」

「清家さんを好きな女がいるなんて、男がいるよりもっと嫌だということさ」

「変ねえ、分らないわ」

「分らないなら分らないでいいよ」

「ええいいわ。どうせ私には関係のない話ですもの」

「関係がないことはないよ」

「どうして？」

「どうしても」

隆子は即戦即決を好む現代の若者だ。信彦とのこうした対話には、すっかり飽きてしまった。

「新宿でおろして下さらない？　私一人で帰るわ。こんな話ばかり詰まらない」

「同感だよ。お互いにかくしだてをしたくないものだ」

「信彦さん、いったいあなた何を私から訊き出したいのよ」

「昨日の帰り、姉さんと君は二人だけじゃなかった筈だ」

「……どうしてそんなことを訊くの？」

「誰と一緒だったか知りたいんだよ。姉さんと僕の間に秘密があるなんて、弟として耐えられると思うかい？　結婚したい相手があるなら あるで相談してもらいたいと思うじゃないか」

あんまり云うことがまともも過ぎて、隆子には却《かえ》ってそれが芝居めいて見えた。それで隆子もまともな芝居を打つことを思いついた。彼女は眉をひそめて信彦の方に顔を近寄せてから、至極もっともらしい調子で云った。

「本当に誰も他の人はいなかったのよ。どうして信彦さんがそんなことを云うのか私には分らないわ。先生に好きな人があるのだったら私も知りたいくらいだわ」

信彦の方でも隆子のこういう云い方をとりあわなかった。

「レストランのあと何処へ行った？」

「すっかり話しこんで、気がついたら十二時過ぎていたわ。それでお別れしたのよ」

「姉さんが帰ったのは二時過ぎていたぜ」

「あら、じゃ、あれから、どうなさったのかしら。お一人で飲みに行くようなこと仰言っていたけど」

「飲んだ痕跡《こんせき》はあったけど、それは多分君とレストランで飯を喰《く》ったときの葡萄酒だろうと思うんだ」

「十二時から二時まで──」

隆子は考え込みながら、チラと信彦を見てから云った。

「何処へいらしたのかしら」

実際には、隆子が相島という男と松平ユキに別れたのは十一時である。それから二時すぎまでの空白の三時間、あの二人が何をしていたかは隆子も子供ではなし、推理するのに苦労はなかった。やはり思っていた通りだったのだ。

「同じレストランで、がっしりした色の黒い男に出会わなかったかい？　昔、絵描きだったことが直《す》ぐに分るような男さ」

「先生とお話に夢中だったから、気がつかなかったわ。でも、誰？　その人は」

「清家さんは姉さんのお伴《とも》で銀座へ出たことは今までにない？」

「二、三度ありますけど」

「相島画廊へ行かなかったかい？」

「あいじま？」

「行ったことあるだろう？」

「絵の展覧会にはお伴したことあるけど、あれが相島画廊かしら」

「銀座の並木通りの二階へ上がったところだよ。下が売物の絵と複製と一緒に置いてあるひどいところさ」

「相島画廊がどうかしたの？」

「いや、別に」

「先生の恋人がそこにいるのね？　どんなひと？　信彦さん教えてよ。がっしりした色の黒い、昔は絵描きだったという人がそうなの？」

「清家さんは頭のいい人だね」

　信彦は苦が笑いしながら云った。

「高円寺まで送るつもりだったけど、よしたよ。新宿でさようならだ」

「結構だわ。あなたみたいな人をもし好きになるようなことがあったら大変だもの」

「どうしてさ」

「実の姉さんの行動でもそんなに目を光らせる人ですもの、自分の恋人のこととなったらどんなにうるさく拘束するか、考えただけでもうんざりするわ」

「僕がいつ清家さんを拘束した？」

「あなたが私を拘束することはないでしょ。別に愛しあってなんかいないんですもの」

「ひどいなあ。僕が清家さんを好きなの知ってるくせに」

「また冗談を云ってる」

「いいよ、冗談と思っていても。僕は真剣だから」

「どうぞ、どうぞ」

隆子が朗らかに笑ってみせると、信彦は黙り込んで、またいつかのように新宿コマ劇場の方へ車をすすめて、見覚えのある辺りで車を止めた。

「じゃ、さようなら」

「まだだよ」

「だって新宿でさようならって信彦さんが云ったのよ」

「新宿でさようならするけど、その前にこの前のところへ行こうと思ってさ。なんてったっけかな」

「理性がどうとかって名前ね」

「そうだ、『ロゴス』だ」

「よしましょうよ。あの手が二度使えるとは思わないわ」

「大丈夫、大丈夫」

信彦の云った通り、「ロゴス」の女給たちは総立ちで二人を迎え入れた。若殿さまに、お姫《ひい》さま、とマダムも面白そうに口にしながら、芝居がかった丁重な挨拶《あいさつ》をした。

「スコットランドの紅茶とレモンジュースでしたわね？」

「凄《すご》い記憶力だね」

「だって、そりゃ紅茶を飲む度に思い出してたんですもの。お二人の御結婚はいつかしら、なんてね？」

「恥をかかさないでくれよ。プロポーズしては断られてるんだ」

「まあ本当？　私だったら断らないけどなあ。ああ、プロポーズされてみたい！」

「プロポーズというのはね、真実心の底から愛した人にしかしないものなんだよ。この人となら死んでもいいいと思う人にしか出来ないものだよ」

「うわあッ」

女給たちはすぐ調子よく浮立っていたが、隆子は清家の姫君然として、端然と微笑を浮べていた。「ロゴス」の雰囲気にも、松平信彦の軽口にも、隆子は少しも動かされなかった。彼女はただ、こういうことを考えていただけだ。

相島という男の正体は、ほぼ分った。明日にでも銀座の相島画廊へ行ってみよう。昔、巴里《パリ》で絵を描いていた男が、画商に転身して銀座に画廊を経営している。――それは不自然なことではない。パリで絵を描いていた男と、洋裁の勉強に行っていた女とが、いまも交渉を断つことなく続いているというのは、充分ありうることであった。

女給たちと戯れながら、隆子への思慕を口にしている信彦に、隆子は心の中でまた言葉を投げかけていた。

三郎さん、私はあなたが思っているよりも、もっと頭のいい女なのよ。

地下鉄を降りて銀座四丁目に上がると、もう階段の途中から都会の騒音がまるで湯が湧《わ》き立つように聞こえていた。清家隆子は片手に提げていた流行の大きなバッグを小脇《こわき》に抱え直すと颯爽《さつそう》と歩道を渡って新しく建った円筒型の三愛ビルの前に立った。この奇妙にハイカラな建物が出来てから銀座の景色はすっかり変ってしまったような気がする。今までの建物が対照的に古くさくなってしまって、それで却って街が落ち着いてしまったのだ。こういう銀座の変化などを大きく見渡して感じとるようになったのは、隆子自身も自分の変化だと気がつかないわけにはいかない。世の中の動きに敏感でなくては、オートクーチュールの経営者にはなれないのだわ……。

お客様との話題。デザインするセンス。そのためばかりでなく、直接この躰全部に世の中というものの動きを感じるようでなければ、人も使えないし、客も惹《ひ》き寄せられない。

百貨店には一ヵ月も早く春が来て、もうバルキーセーターやスキーウエアは姿を消してしまっていた。細糸のセーターブラウスや、絹編みの贅沢なスーツなどが、洋品店のショーウインドウに飾ってある。レジャーブームなどといって贅沢が一般化する傾向の強いとき、オートクーチュールは尋常一様の贅沢では売物にならないのだわ、と隆子は考えていた。まだ一介の縫い子にしか過ぎない隆子が、あの日からすっかり物の感じ方、考え方を変えてしまっている。

あの日――松平ユキと相島との会話に小式部クミの失脚と隆子の将来が約束されてから、隆子は急に音を立てて自分が大人になって行くのが感じられた。信彦の云うことがまるで子供のように思われ、縫製室の連中の会話も超然として聞くようになった。中でも小式部クミの挙動は何から何まで可笑《おか》しく、彼女が何か隆子に命じる度に隆子は腹の中で、せせら笑っていた。もっともそんな本心は外には気《け》ぶりも見せなかった。隆子は知っていた。今が今、彼女の目の前の扉が開かれるのではないことを。しかし、その扉は、必ず近い将来、隆子の為に開かれるということも。

相島画廊は、信彦が云った通り銀座の並木通りを歩くとすぐに見つかった。間口は小さく、決して派手な構えではなかったが、それがいかにも名画ばかりを扱う店のような印象を与えている。あの相島なら、その気で、入口のデザインを考えたに違いないと思われた。

隆子は物怖《ものお》じせずに扉を押して店の中に入って行った。画廊というところには前にも松平ユキのお伴で一、二軒覗《のぞ》いてみたことがあったが、この店は初めてだった。入口にすぐ階段があって、いきなり二階へ昇ることもできるのだったが、隆子はゆっくりと一階の白壁一面に所狭いばかりに掛けられた絵画を一つ一つ丁寧に眺め始めた。

油絵はなかった。そのかわり、ミロ、ピカソ、ブラック、ビュッフェなどフランス画壇の巨匠のリトグラフばかりが、ごくあっさりした額縁の中に納まっていた。白地に絵は色鮮やかなシュールやアブストレだったので、それが飾りのない額縁と共に、多すぎるほど壁にかかっていても少しもごたつかず、却って現代絵画らしさがどぎつくなく強調される効果を生み出しているのは店の主人のセンスが窺《うかが》われるようで、隆子はあの相島を思い浮べながら流石だなあと考えていた。

奥にある白いドアは半開きになっていて、眼鏡《めがね》をかけた若い男がちょっと顔を出したが、隆子を通りがかりの女の子が迷い込んだぐらいにしか思わなかったのだろう、すぐに姿を消した。石版刷《リトグラフ》りといっても、一枚数万円からするものばかりで、一見してBG（ビジネス・ガール）風の隆子が買えるとは誰も思わないのは当然であった。隆子は、出来るだけ時間をかけて一枚一枚の絵を眺めながら、いつまでたっても相島が現れないので、階段を昇って二階へ行くことにきめた。

二階は下よりずっと広い画廊だった。ここは壁にたっぷりと空間をとって、油絵ばかりが並んでいた。せいぜい八号までの小さなものばかりだったが、日本の画家のものも含めて、いい作品が揃っていた。絵のよし悪《あ》しが分るのは、隆子も骨董屋《こっとうや》の小僧さんなみにパルファンでいい絵やいいセンスに接しているからである。骨董屋では小僧さんを仕込むのに決して安物や偽物を見せず、それで目を養うのだ。隆子も松平ユキの傍にいて、知らず識《し》らずの間にセンスに磨きをかけていたのかもしれない。もう一つ、パルファンの真紅の部屋やユキの部屋に掛っている油絵は、相島の贈物なのではないかという発見もあった。

相島に会わないことには、相島画廊へ来たのも絵画の展覧会に来たのも同じ結果になるところだったが、清家隆子はそれでもかまわないと思っていた。

相島が、どんな店を経営しているのか、それを見ただけでも今日は充分なのだ。ただ分らないのは、なぜこんな一分の隙《すき》もないような画廊を信彦がガラクタを売る店といったかということであった。信彦は、中に入ったことがないのではないか。それとも単なる悪態なのか——。

ビュッフェの油絵の鋭い線描の前で、しばらく佇《たたず》みながら、隆子はこのまま帰ろうかどうしようかと思案していた。今日は隆子の休日で、今までは休日でも仕事があれば精励出勤していたが、朝目をさましたとき急にここへ出てくる気になったのである。だからハイヒールをはいてきた。

細くて思いきり高いヒールは、隆子の脚をいつもよりずっと美しく見せていた。エナメルの黒は、日本では冬はく人がいるが本当は夏のものだという知識も、この頃の隆子は持っている。だが今朝《けさ》は、それを知ってエナメルの黒をはいてきた。春が来ていたから。そして隆子の気持は一足先に初夏の気分に浸っていたから。

やがて隆子はハイヒールの足許も軽く階段を降り始めた。彼女はじっとしていることが大嫌いである。相島が居なければ、隆子がここへ来た目的は終ってしまった。それならばすぐ外へ出て、みゆき通りでも歩きながら、どうするか考えればいい。

　が、階段の下には、まるで待っていたように相島昌平の笑顔があった。

「やあぁ」

「あら」

「どうして此処が分ったんです？」

「偶然よ」

「ほう偶然か」

「ここが相島さんのお店ですか？」

「なあにパルファンの出店ですよ」

「え？」

　相島は笑い出した。冗談だったらしい。少なくとも隆子には、相島の冗談の奥を覗くことはできなかった。

「マダムの御用かい？」

「いいえ。偶然ですってば。偶然この店の前を通りかかったので。私、相島さんがこういうお仕事してらっしゃるとは知りませんでした」

　相島は隆子の話をいい加減に聞き流して、

「隆子さんは絵が好きですかね」

と訊いた。

「ええ。いいビュッフェがありましたわ、二階に」

「ほう」

相島は隆子の顔を真正面から見て目を丸くした。

「あのビュッフェが目にとまるなら、これは大したものだ」

「そうかしら。ただ、ああいう鋭い線の走ってる絵は好きなんです、私」

「ますます大したものだ」

「いやね、相島さんは揶揄《からか》うから。私、帰ります」

パルファンで習い覚えたざあます言葉を、隆子は相島に向うとすっかり忘れてしまって、ユキが相島と話すときより以上に子供っぽく振舞い始めていた。

「揶揄ってはいないよ。君の鑑賞眼を褒めたばかりだ。感心したから、あの絵を君にあげようかと考えてるところだ」

「また揶揄うッ」

「本当だよ、待っていなさい」

相島は階段を上がって行って、すぐその絵を下ろして降りてきた。驚いている隆子の目の前をよぎって事務所のドアをあけると、「これ、箱に入れてくれ」

誰かに命じて出てきた。

「君、これから何処へ行くの？　パルファン？」

「いいえ、今日はお休みなんです」

「デートは何時？」

「デートなんてありません」

「そんな筈はないだろう。君のような魅力的なお嬢さんがこんな春の日に一人で銀ブラをする筈はないよ」

「でも本当にないんですよ。ちょっと買物でもして、後は映画でも見るか、その気にならなければ家に帰ろうと思ってるんです」

「疑わしいね」

「疑わしければ私についていらっしゃればいいわ」

事務所のドアがあいて、店員が先刻のビュッフェを箱におさめたのを持って出てきた。それを受取った相島は、先に外へ出るとドアを開け、

「仲々いい考えだね」

と云った。

「何がですか」

「君の後について歩くことさ」

絵の包みを小脇に抱えたまま、にやにや笑っている。本気で隆子の後について歩く気

になっているらしかった。

「どうぞ御勝手に」

「なんて可愛い子だろう。ユキが気に入るのも無理はないよ」

「どこが可愛いのかしら」

「若さが溢《あふ》れてる。絵で云えばチューブからしぼり出したばかりの絵の具だ。どんな色でも思うように混ぜることが出来る」

「洋裁で云えば仮縫でしょ。いくらでも思うように動かせて」

「仮縫か。なるほど、うまいことを云うな」

お互いにポンポン云いあっているようで、信彦との会話と違って相島の言葉にはずっとずっしりした重みがあった。

「相島さんはもう仕立上がってるってわけかしら」

「僕か？　僕はそろそろ仕立直さなくっちゃならない頃だな」

「縫目が綻《ほころ》びてきているの？」

「そうだ、そうだ」

繕ってあげましょうか、という言葉が喉まで持ち上がったが、冗談が過ぎると思ってやめた。二人は肩を並べて歩きながら、贅沢な洋品店の前に出ると立止まった。

この日の買物は楽しかった。隆子の財布の中には四千円ちょっとしか入っていなかったのだが、それが少しも減らないで、ブローチ、洋服布地、靴、小型のハンドバッグ、刺繡《ししゅう》入りのセーターなどが、次々と包まれて隆子の腕の中に飛込んできた。隆子が店の中で未練げに弄《もてあそ》んでいると、

「これ、包んでくれたまえ」

相島がどんどん払ってしまったのである。

「相島さん、やめて下さい。困るわ」

「いいよ、いいよ。君のような素晴らしい女の子は、銀座中のものを全部自分のものにできる特権があるんだからね、僕に遠慮することはないんだ」

「だって遠慮するわ。遠慮しなくっちゃならない理由があるわ」

「なんのことだね」

「松平先生になんといって報告できて？」

「ユキなら気にすることはないよ。黙ってればいい」

「そうはいきません」

「云っても君の方の工合が悪くなければ云いなさい」

隆子は、屹《きっ》として相島に向き直った。手に持っている荷物を全部彼の胸許に突きつけて云った。

「返します」

「貰《もら》って工合が悪いものなら、貰いたくありませんからね」

相島は苦笑しながら、

「分った分った、頼むから貰ってくれ。誰に云ってもいいよ、君の方にはやましいところは何もないのだからね」

「相島さんは、やましいんですか」

「ああ、やましいね。やましいとも」

「どうして」

「そこまで訊くのは残酷というものだよ、君」

そう云いながらも相島は穏やかに笑っている。

押問答の末は隆子も引込みがつかなくなって、到頭夕食まで付合うことになってしまった。相島画廊で相島に会った場合の展開については、あれこれ考えてはいたが、予期以上に事が運ぶので隆子も少々慌て気味だった。

「懐しのシトローエンですね」

「ええ？」

「パリと誰かの想い出があるんでしょ、この車には」

「それじゃこの車は明日にでも売り飛ばしてしまおう」

「どうして」

「隆子君が気に入らないようだからね」

「相島さん、そんなことを云ってよろしいんですか」

「いけないね。全く、年甲斐《としがい》もない。恥入っているところだ。しかし、この気持は大事にしたいよ。そういうことは、まだ君の齢《とし》では分らないだろうな」

「私、さっきからなんにも分らないわ」

「分らないことは魅力的だろう？」

「ううん。困るだけよ」

「そうか」

鼻のつぶれたシトローエンは、昭和通りの車の波と共に上野の広小路《ひろこうじ》に出ていた。

「どこへ行くんです」

「分らない」

「私が困って、相島さんは魅力的なのね」

「頭のいい子だね、まったく」

車は、上野の山へ向っていた。

「精養軒」の前で、二人は車を降りた。

「なあんだ」

「もっと悪いところへ連れて行くとでも思ったのかね」

「うん、まあね」

「この頃の若者たちに較べれば、大人の方が臆病《おくびょう》なものさ」

「さあ、どうかしら」

相島はチラと隆子を見て、

「感心しないね、君のようないい子がそういう調子でものを云うのは」

と云った。意外に厳しい人だったのだと隆子もはっとして、

「あ、ご免なさい」

思わず謝ると、そういうところがいいとでも云うように、相島は笑った。

平凡な洋食だった。メニューもいつかの夜のように豪華なものはなかった。

「相島さんはここによくいらっしゃるのですか？」

「いや。思いついて来てみたのだが、変ってしまったなあ、感じが。僕の姉が此処で結婚式をあげたんだよ。大正何年だったかな、帝国ホテルの出来る前でね、ここが一番豪華な披露場だったんだ。その頃からみると、東京は変ってしまったなあ。少しも変らないところへ来てみると実に分る。いや、こんな懐古趣味は君には合わないだろう」

「合うも合わないも私なんかには過去がまだ無いんですもの」

「まだね」

スープが運ばれてきた。ポタージュの中に賽《さい》の目に切ったパンを揚げたものとパセリの刻んだのが浮いている。相島は食前酒もオードブルも注文しなかった。

「相島さんのときは何処で結婚式をなさったんですか」

「僕は結婚というものは、したことが一度も無いんだ」

「本当？」

「ああ」

「どうして？」

「しそびれたんだなあ」

「どうしてですか」

相島はまた笑い出した。いかにも可笑しそうに、スープにむせたのか、ナプキンで厚い唇の端を押えてから、

「若いんだねえ。なんにでも興味があるんだなあ、君は」

と感嘆している。

「でも知りたいんです。私は洋裁学校を卒業する前にいきなりパルファンに来たので、世の中のこと知らないでしょう？　目につくことで分らないことがいっぱいあるんです。

相島さんに訊いちゃいけませんか」

「いいよ、どうぞ」

「松平先生となぜ結婚なさらないんです」

いきなりズバリと切込まれたので、流石の相島も驚いたらしい。

「君、君、プライバシーはいけないよ」

「でも、結婚できないことはないでしょう？　どちらも独身なのに」

「まあ、まあ、大人の世界のことだと思っておいてくれたまえ。とりあえず、今のところは」

舌平目《ソール》のムニエが運ばれてきた。同時に葡萄酒が注《つ》がれた。仄《ほの》かな桃色をしているロゼエだった。

「でも変だわ。松平先生は信彦さんに内緒にするように仰言るし、信彦さんはしつこく音楽会に誰と行ったかと私に訊くし。姉弟で秘密を持合うって、変ですよ」

「なるほど」

「なるほどって、相島さんのことを話しているんですよ」

「僕はフランスに長くいたので、他人の生活には興味がないんだ。個人主義の徹底した国だからね」

「他人って、松平先生を他人と仰言るんですか」

「誰でも他人だよ、親だって、弟だって、愛人だって」

「まあ」

「ただ、向いあっている相手だけは大切にするのが僕の主義でね、今は君以外に興味がないな」

「私は相島さんに興味を持つと、その周り中が全部気になるわ」

「それは詰まらないことだな」

「詰まらないことじゃありませんッ」

「ほほう」

「社会に生きているんですもの、人間が大勢で色々なことをしているのが社会でしょう？　私の知っている人たちの関係というのは知りたいんです、私は」

「急いで知ることはないよ、いずれ分ることなんだから」

「どうせ分ることなら、一日でも早く知りたいわ」

「もう直《じ》き分るよ」

「どうしてですか」

「小さい子供と同じだね、君は」

「相島さんは笑ってばかりね」

「どうして？　どうして？　どうして？　知恵がついたばかりの子供は何を見てもそう

訊くよ」

「どうせ知恵がついたばかりですよッ」

隆子がふくれて、ムキになればなるほど、相島は楽しそうに葡萄酒の盃《さかずき》を口に運んでいた。

信彦相手には取り澄ましていられる隆子が、相島の前では全く小娘で手も足も出ない。その違いが分るだけに隆子は口惜《くや》しかった。この図太さが大人というものの重量感なのだろうか。

食事がすむと、相島は腕時計を見て、

「隆子さんの家は高円寺だったね」

と云った。

「ええ」

「しまったことをした。荷物は送らせればよかった」

「どうしてですか」

「まあ少し急げば大丈夫だろう」

「何が？」

「八時に約束がある」

「まあ」

「突然君が舞込んで来たものだから、うかうかと一緒に食事をしてしまったが、ほら、もう七時だよ」

「まだ七時と云うんだわ。うかうかとですって、ひ、ど、い」

「さあ、送るよ」

車の中で、相島は殆《ほとん》ど無言だった。隆子も黙りこくっていた。完全に腹を立てていた。馬鹿にしている。本当に馬鹿にしている。隆子はこれまでにデートの途中で相手の都合で追返されるような目には出会ったことがなかった。

相島は追返したわけではない。彼は次の仕事に頭をとられながらも、隆子を家まで送ろうとしている。それにこれはデートというものでもなかった。あらかじめどちらも都合をきめてから会ったのではなく、相島が云うように、突然の出来事なのだから、相島に先約があっても彼を非難することはできない。

そうは分っていても、隆子の胸を鎮まらせることはできなかった。それならそれで八時までは暇だから買物に付合おうという云い方をすればいいのだ。それに隆子を送るのだって、この山のような買物をしていなければ、いつかのように東京駅あたりで放り出されているのだ。彼は隆子を送っているのではなく、彼の買った荷物を送っているのだ。私は荷物以下なのだと思うと、いてもたってもいられないほど口惜しかった。

「私、降りようかしら」

新宿近くで、隆子は口を切った。

「トワレ？」

訊き返されて隆子は、かなわないな、と思った。

「違うわよ。タクシーと乗り換えようかと思ってるの」

「ああ、そうしてくれると助かるな」

相島は車を止めると、

「いいよ、僕がタクシーを止めるから、それから降りなさい」

と云ったが、隆子はきかずに反対側から飛降りて、

「ああッ」

後から来た車に危くひっかけられるところだった。外車は国産車と違って左ハンドルだから、隆子の乗っていた助手席から外へ出るのは全く危険なのだ。

「危いなあ」

相島が抱きかかえると、そのまま隆子の方からもしがみついて、

「だって相島さんは、ひどい」

目に涙を浮べていた。

「どうしたの？」

相島が驚いて訊いた。

「だって急に帰れと云うんですもの」

「すまん。どうしても八時には店に戻らないと困るのだよ」

「勝手すぎるわ」

「そうかな」

「そうよ」

「どうしたらいいだろう」

「私がタクシーで帰ればいいんでしょ」

すねたつもりだったが、相手はごく素直に受取ってしまって、

「すまないね」

すぐ手をあげてタクシーを止めてしまった。

「高円寺まで、このお嬢さんを送って下さい。荷物があるから、ちょっと待ってね」

隆子がシートに坐って、つんとしている間に、相島は先刻の買物を運びこんで、最後にビュッフェを膝《ひざ》にのせると、

「本物だからね、大事にしてやってくれ給《たま》え」

と云ってから、軽く隆子の膝頭を叩《たた》くと、

「オ・ルボワ」

ドアを外から閉め、すぐシトローエンの方に戻って行った。

見送ろうともしないのが、また癇《かん》にさわったが、あんなに時間を気にしているのは相島らしくないような気がして、画廊を経営するというのは、いったいどういう仕事なのだろうかと思った。絵を褒めたら、それを惜しげもなくくれたりして、ビュッフェの本物なら、百万円以下ということはないだろうに、これは眉唾《まゆつば》ものなのではないかと隆子はそういう疑いを抱《いだ》いた。ふと、信彦が、本物もガラクタもまぜこぜにして売っているひどい店だと酷評していたのを思い出した。店の中の感じはそんなことは考えられないようなものであったが、ひょっとすると――。

ともかくこのビュッフェが、本物か偽物かどちらであっても、それがはっきりするときは相島という人間もはっきりするだろう。隆子は膝の上の絵の包みを両掌《りようて》で押しつけながら、そう考えた。

それにしても、どうしてあのとき涙なんか出てしまったのだろう。車にひっかけられかけた命の瀬戸際で、思わず泣いてしまったのか。危いところで助かったので、それまで頑張っていた気持が崩れ、デートの途中で追返されるのを嫌だと素直に涙になってしまったのか。

その涙に相島が吃驚《びつくり》したらしいのだけが快く思い返せた。

大和町《やまとちよう》の家に帰りつくともう八時近く、相島が急いでいた理由も分った。画商として、顧客が店に来るという時間に遅刻することはできないのだろうか。それとも新しく仕入れる絵のことで人に会うのでもあったろうか。相島の仕事の内容が想像つかぬままに、隆子はその夜、枕辺《まくらべ》に、相島の買ってくれた靴や、ブローチや、手袋、スカーフ、ハンドバッグ、洋服布地などを展《ひろ》げ散らかしていた。どれも舶来品で高価な品々だった。どれ一つとして今日の隆子の財布の中身では買いきれないものばかりだった。高価なものは高価なだけの値打ちがあるのではないか——という気がしみじみとしてくるようなものばかりであった。贅沢なものを、女の子がその店に入ったなら手にとってみずにはいられないような魅力的なものを、手にとると直ぐに相島が払ってくれたのだから、ちょっとしたシンデレラ物語だった。

だが隆子の気持は複雑だった。相島は気紛《きまぐ》れな性格の男なのだろうか。この程度の出費は彼にとって気紛れにも当らない僅《わず》かなものだったのだろうか。いずれにしても、伯《お》父《じ》さんや叔母《おば》さんに買ってもらったものと違って、隆子は単純に喜ぶわけにはいかないと思った。

翌朝、起しに来た母親が、

「まあ、これ、どうしたの？」

まさか娘がこれだけのものを一度に買えるわけがないと親ならすぐそう考えたのであろう。

「松平先生が買って下さったの」

「まあ、素晴らしいわねえ」

「近々私は縫い子から格上げされるらしいの。その為でしょ」

「まあ、もう？」

「なんだか、ひどく気に入られてるのよ、私」

「よかったわねえ」

親に向ってけろけろと嘘をつきながら、しかし当分このどれもパルファンには身につけて出られないと思った。どれもこれまでの隆子の持物と格段に差がありすぎた。さしあたって、洋服布地だけは、デコレーションの少ない、さりげないスーツに仕立てることにしよう、そう隆子は考えた。

ビュッフェの絵は壁にかけてあったのだが、母親の目には高価なものと映らなかったらしい。

着替えをすませてから、隆子はあらためてつくづくと五号ばかりのその小さな絵を見ていた。女の顔ばかりを左に寄せて大きく描いてある。色彩はビュッフェのよく使う黄土色が基調で、その上に、思いきり強い筆づかいで黒絵具が削るように女の顔を描き出している。強い顔であった。右の目が左の目の倍も大きく瞠《みひら》かれている。その瞳《ひとみ》に動物的な闘志がゆらめいているのを隆子は感じることができた。そして小さな左の目からは、知性を。

隆子の待っていたものは近づきつつあった。

ある日、松平ユキは縫製室に姿を現して、小鷹利とも子などの手許を覗きこんだり、久布白マサ子に小さな注意など与えてから、

「隆子さん、ちょっと私の部屋へ来てね」

と云って出たのである。

「隆子さん」

小鷹利おばさんは意味ありげな目つきで手招くと、囁くようなそぶりで、しかし大声で、

「あなた、なんだか出世しそうねえ」

と嫌みともつかないことを云ったものだ。

「なんのことですか?」

とぼけて訊き返すと、

「大丈夫、ここにいる人たちはみんな分ってるんだから」

変に分ったような口をきく。

「何をです?」

「これから面白いことが起るだろうってことですよ」

　隆子は途方に暮れたような顔をして、縫製室の中を見まわしたが、久布白マサ子が慌てて目を伏せた他は、みんな小鷹利おばさんの声が聞こえたのか聞こえないのか知らんふりをしている。

　例外は隅のボディの前で補正の終ったドレスを点検していた小式部クミで、これは真直ぐにこちらを向き、まばたきもせずに小鷹利とも子を見詰めていた。

「小鷹利さん」

「はあ」

「面白そうなお話ね。なんのことなの？　私にもきかせて下さらない？」

「あぁら」

　小鷹利とも子は大仰に驚いてみせた。

「小式部さんが御存知ないんですか？」

「ええ、なんのことかしら」

「変ですねえ、小式部さんが御存知ないっていうのは。それじゃこの話、デマかしら」

「なんのこと？」

「だって小式部さん独立なさるんでしょう？」

　縫製室にいる縫い子たちが一斉に顔をあげて小式部クミを見たのと、小式部クミが蒼《あお》ざめたのは殆ど同時だった。

「誰がそんなことを」

「デマだったんですか？」

「あなた、誰から訊いたの？」

「誰からだったかしら。みんなそう云ってますよ。ねえ、最初は誰が云いだしたんだった？」

誰も答えなかった。

隆子は小式部クミが唇を嚙《か》み、ぶるぶる震えているのを見た。

それ以上、何を見る必要もなかった。隆子は呼ばれた通り、松平ユキの部屋に、あの明るいグリーンで統一された部屋に降りて行った。

ソファでは信彦がだらしなく脚を組んで、ステレオを聞いている。相島と違って、この男は忙しいということを全く知らない人間なのだと、隆子は呆《あき》れ返った。

「信彦さん、仕事だから、あちらへ行って頂だい」

信彦は黙って、ステレオからレコードを外すと、隣室へ消えた。隣室はユキのベッドルームだが、そのもう一つ向うに信彦の部屋があるのだった。

「先生、大変ですよ」

隆子が二階を指さして云った。

「どうかして？」

「小式部さんがまっ青になっています。小鷹利さんに独立するんでしょうって大声で訊かれて、返事が出来ずに震えています」

「まあ、震えて？」

松平ユキは喉の奥で、ころころと笑った。本当に美しい笑い声だった。まるで子供たちの喧嘩《けんか》の状況を聞いて面白がっているような邪心のない澄みきった笑い声であった。隆子でさえも、小鷹利とも子が云い出したのは松平ユキの指し金ではなかったのかとその瞬間には思ったくらいである。

「隆子さん」

「はい」

「採寸の順序は覚えてますね」

「はい」

「私を採寸してごらんなさい」

はっと緊張した隆子の目の前に銀色のメジャー・ケースが差し出されていた。

パルファンの採寸の順序は戸田洋裁と違って全くお客様本位のものであった。普通は裁断のための順序を使うのだが、パルファンではお客様が幾度も手をあげたり、後をむいたりしなくてもいいように、お客様が楽な姿勢でいても、お喋りしながらでもとれるようになっている。

隆子は細いメジャーを銀器からひっぱり出すと、まず松平ユキの首廻りの寸法を採った。指先が震えて仲々きまらなかったが、ユキは何も云わなかった。前肩巾《まえかたはば》、胸囲一、胸囲二、腹囲、腰囲、肩巾、乳下り、乳頭間隔……。

ユキの後に廻って最後の総背丈を計るときは、メジャーの端を首筋に当てて、パッと銀器を落とした。銀器はするするとユキの背筋を走り落ち、絨氈《じゆうたん》の上に落ちる。

「メモをして」

云われた通り隆子はテーブルのメモ帳の上に、今の採寸順序で数字を羅列《られつ》した。

ほっとして顔をあげると、

「もう一度やってごらんなさい」

松平ユキはピリッとメモを切りとってから云うのである。計り直しだ。

何がいけなかったのだろう。

隆子は前より慎重に採寸にかかった。首廻り、前肩巾、胸囲一、胸囲二、腹囲、腰囲、肩巾、乳下り……。

採り終ると、

「メモをして」

隆子は夢中で数字を書く。

それをまたピリッと切りとってから、

「もう一度やってごらんなさい」

ユキはまた同じ調子で云うのだった。

隆子の額に汗が滲《にじ》んできた。どこがいけないのか、ユキが何一つ云おうとしないのが、隆子を当惑させていた。しかし隆子には覚えがあった。初めてパルファンに来た日、隆子のブルーズを作るために採寸してくれたのは小式部クミだった。あの軽妙な、躰に触れるか触れないかの技術には、隆子はとても及ばないのだ。あの飛鳥のような早業には、隆子はまだ及ばないのだ。

松平ユキが隆子に自分を採寸させている理由は、痛いほどよく分っている。お客様を採寸するのは、ユキでなければ小式部クミの仕事だった。小式部クミがパルファンに居なくなるとなった今、松平ユキ自身が隆子に採寸のやり方を仕込んでいるのではないか。

五回目の採寸が終ったとき、隆子はへとへとに疲れてしまっていた。こんなに頭の芯《しん》が疲れきって目がチカチカするような思いは今までに経験がなかった。

「すみません、先生。下手《へた》で……」

下手だから何度もやらなければならなくて、それが申訳なくてすみませんと云ったのではなかった。五回採寸する方も疲れるが、立ちっぱなしで同じ姿勢を続けている松平ユキもかなり疲労している筈で、お客だったらもうとっくに金切声を立てているだろう。

そのユキに対する申訳なさの方が先に立ったのだった。それがユキに通じない筈はなく、

「いいのよ。でも、ちょっと休みましょうか」

ソファに並んで腰を下ろさせ、

「みてごらんなさい、これ」

五枚のメモ用紙を二人の間に並べてみせた。

並んだ数字を順に読み較べていると、ユキの人差指が、四番目の数字の上を鋭く指した。すんなり長く、先の細い美しい指であった。

「動くわね、一番大切な寸法が」

「はい……」

「一回目のときと二回目と首廻りの寸法が同じなのも変よ。最初は私はわざと息を詰めて首をふとくしていたの。四分の一インチは違っていなければならない筈よ」

「………」

「最初の寸法だから数字で覚えてやってしまったのね。見かけによらずあなたには横着なところがあるみたいだわ」

隆子が顔をあげると、松平ユキは快げにコロコロと笑った。先刻の小式部クミの話をきいたときと同じ笑い声であった。

「すみません」

「手首廻りをためしに計ってみてごらんなさい」

松平ユキの手首は細く、六インチしかなかった。

「もう一度計ってみてごらんなさい」

今度は拳《こぶし》をかためてユキが云う。計ると、六・四インチに太くなっていた。

「分って？」

「…………」

「余裕のつけ方のパーセンテージが、首と違うでしょう？」

「はい」

「バストもそれと同じね。ウェストだって、それぞれそうなんですよ」

「…………」

「目測で、この人の胸囲はどのくらいと見当をつけてから、あらかじめメジャーの目をとって、それに余裕分を加えて採寸してごらんなさい。そうすると私の躰にあまりさわらずに採寸できる筈です」

「ああ、分りました」

「まだまだ分るまではかかりますよ。頭で分っても手先が分らなくては使いものにはならないのよ」

「はい」

「やってごらんなさい」

「はい。でも先生お疲れになりませんか」

「いいのよ。あなたがマスターできない間は仕事にはならないのだから」

「先生……」

「隆子さん」

ユキの涼しい目がまっ直ぐに隆子を見て、美しい唇が開いた。

「あなたに明日からでも小式部と代ってもらうつもりなのよ。しっかりやって頂だいね。それから……」

両手が隆子の肩に乗っていた。

「あなたは裏切らないわね。信じているわ」

「………」

感動のあまり隆子の声は言葉にもならず、彼女はただ立ちつくしていた。

「さあ、今云ったことに気をつけて、もう一度やってごらんなさい」

ユキが立上がった。

隆子はメジャーを取ってユキの前に立った。下唇を強く嚙みしめていた。今度こそ、今度こそ、軽やかに素早く、そして正確な寸法をとってやろう。

「もう一度」

二度目の採寸の途中で、ユキが躰をねじってコロコロと笑い出した。

「隆子さん、凄い顔よ。まるで嚙みつきそうだわ」

「そうですか。つい一生懸命で」

「ええ。分るけど、パルファンはお客様中心がモットーなのよ。何を話しかけられても、ちゃんと返事ができて、それで採寸もできるのでなくては一人前になれないわ」

「はい」

「いいのよ、私が喋っている間にどんどん採寸して頂だい」

「混乱しそうだわ」

当惑している隆子の顔が気に入ったのか、ユキはまたコロコロと笑いながら、

「今日や明日でマスターできると思っていないわ。まあ一ヵ月は暇さえあればなんの採寸でもやってみることね。私はパリの下宿で、柱を相手に毎日憑かれたように寸法をとっていたときがあったわ」

「私もやります」

「下宿のお婆《ばあ》さんが可愛がっている犬の寸法もとったりしてね、あの頃がなつかしいわ。技術に熱中しているときが人間は一番純粋ですものね」

「…………」

「隆子さん」

「は、はい」

返事をした途端にそれまで採寸した数字がゴチャゴチャに入り混ってしまった。それで隆子は断りもせずに、また初めから取り直すことにした。喉にメジャーを巻かれると、ユキはコロコロとまた笑った。その度に寸法が四分の一インチずつ狂う。

「隆子さんは、この間、銀座で相島さんに会ったんですって？」

「はい」

「相島さんが感心していたわよ、しっかりしているって。一緒にお食事したんでしょう」

「はい」

「私に云っては困るようなデートなら断ると云ったんですって？　相島さんは、やられた、やられた、と云って笑っていたわ。あの人なら何を任せても私が裏切られるようなことはないって太鼓判を押していたわ」

「………………」

隆子は採寸に夢中の風を装って、応《こた》えなかった。相島とユキの二人の間で、どういう工合に自分が評価されているか、それは問題だと思った。ただ相島が、実際どんな工合にあの日のことを報告してあるのか分らないのだから迂闊《うかつ》なことは云えないと思っていた。

「相島さんと私とは長い付き合いなのよ。あなたもいつか分るときが来るかもしれないけど。仕事をしていく女にとって、ああいう男の存在は必要なの。私には有難いお友だちなのよ。誠実で、いい人」

誠実な男が、愛人の傭《やと》い人に向って美しいとか素晴らしいとか魅力的だとか云うものだろうか。そう思うと隆子の指先はようやく落ち着き、ユキの背後に、隣室から顔を出している信彦にも気づく余裕ができた。彼は、隆子を見ると、今の話は聞いたぞという顔で片目をつぶってみせた。

小式部クミの姿が急に見えなくなったのは、それから一週間もたたぬうちであった。

隆子の見るところでは、小式部クミが松平ユキには相談なくパルファンから独立する気があったことは事実らしい。が、まだその準備が整わないうちに、ユキの方が先に手を打ったのだ。小鷹利おばさんに喝破されてから、蒼《あお》ざめ、狼狽《ろうばい》して仕事も手につかずにうろうろしていた小式部クミを、隆子はよく覚えている。

「内緒で工作するからいけないのよ。ちゃんと相談すれば私なりの助言《アドバイス》は出来たのに。やり方が下手《へた》なのよね。挨拶《あいさつ》もせずに来なくなってしまったのでは、私がどう援助する方法もないじゃないの」

と、松平ユキは云《い》っていて、これは至極もっとものように聞きとれたが、実際は小式部クミに云い出す隙《すき》も与えずに松平ユキの方で手を打ってしまった。裏切者を追出すには、まったく鮮やかな手並みという他はなかった。

小式部クミが実際にどういう裏切行為に出たのか、隆子には知らされなかったのだけれども、おそらく松平ユキの愛顧に応《こた》えずに独立しようとしたのがユキの逆鱗《げきりん》に触れたのでもあろうか。

「あら、今日は小式部さん、どうしたの？」

真紅の部屋を訪れるお客さまは判で押したように必ずこう云って訊《き》いたが、

「はあ」

松平ユキは、云い難《に》くそうに口ごもって、

「お客さまに大変御迷惑をおかけしたものでございますから、責任をとってもらいましたんですの」

「まあ、どんなことをしたの」

「それは御堪忍遊ばして。私も出した者の悪口や欠点を云いたくございませんし。でも、長く自分で育てて来たつもりでも、人というのはなかなか信用できないものでございますね、奥さま」

「そうねえ。割合もの静かでよさそうな人だったのにね。どんなことをしたの？」

「私の口からは申せませんもの。ともかく、信用できない人を置くわけに参りませんので、残念でしたけれど」

「そうねえ、随分腕も確かなようだったけれど」

「はあ。でも奥さま、世の中は技術だけでは売物になりません。小式部より達者なのが私どもでは裏で何人も働いておりますけれど、まあ小式部ほど口上手というのがなかったものですから、あれにアシスタントさせておりましたんです。腕がよくても人当りの悪いのでは、表に出せませんし、これでこんな店でも人事となると頭を痛めますんですのよ」

「なるほどねえ。で、あの小式部さん、どうしているの？」

「洋裁店をやるらしゅうございます」

「まあ、どこに」

「それは私は存じませんのですけれども、私どものお客さまのところへ個別訪問しているらしいんですのよ。私の悪口を云いたいだけ云って、それで注文をとろうとしているんだそうです」

「まあ、私のところへは来ないわよ」

「あんまり、断られたので、考え込んでいるのかもしれませんわ。お断りになったお客さまは皆さん私に知らせて下さいましたけれど、私、よろしければあの子も困ってるのでしょうから作らせてやって下さいましってお願いしていますの」

「まあ、それじゃ松平さんも人が好《よ》すぎるわねえ」

「でも私の方で悪口は申せませんし、お客さまのお気持次第なんでございますから」

「小式部さんが独立したって、ここの真似《まね》は出来ないわね」

「はあ。まあ何から何まで無理算段でしょうから、ただ自分の店ではお勘定をごまかすこともできないでしょうし、お洋服を先払いで作らせて下さる方は滅多にないでしょうし、私も実は心配しているんですのよ」

金持ほど銭勘定の厳しい人種はいない。自分は贅沢《ぜいたく》し浪費していても人がごまかしたとなると事実以上に罪悪視するものだ。ここまで来るとたいがい眉《まゆ》をひそめて、松平ユキの言葉の裏から小式部クミの失策の真相を探り当てたように思い込み、もうそれ以上はしつこく訊こうとしなくなった。

「奥さま、御紹介させて下さいませ、今度からアシスタントを致します清家隆子でございます」

隆子は黙って頭を下げる。

松平ユキは夏冬を問わず薄手のシルクウールの黒で、タイトな袖《そで》が手首まで長いワンピースを着ている。隆子は袖なしのグレーのタイトなワンピースで、布地は違うが小式部クミが着ていたのと同じデザインのワンピース姿だった。あの白麻のブルーズを着て、磁石を手に、床を這《は》いつくばう仕事とは、もう隆子は早くも無縁だった。

「隆子さんを見ていると、確かに出世という言葉がこの世の中にあるということが分るわ」

若い久布白マサ子だけが羨望《せんぼう》ともつかぬことを口に出して云ったが、縫製室の多くの人たちは、しかし誰一人として隆子の「出世」を妬《ねた》む者はいなかった。隆子の人徳によるものかもしれない。かといって寿《ことほ》ぐ者もなかったことに対して隆子は迂闊《うかつ》にも気がつかなかった。

それでも隆子なりに気はつかっていた。小式部クミが、縫製室の連中を一段見下したようにツンと澄ましこんでいたのはまずいやり方だったと思ったので、隆子はつとめて今までと同じ態度をとるようにした。客のいないときは、前と同じように裾《すそ》のまつりつけや、千鳥がけを手伝って夜おそくまで残業したし、手のあいたときにはグレーのワンピースの上から例のブルーズを着て、磁石を持って縫製台の下を四ツン這いになって落ちている針を拾ったりした。

こういう態度は皮肉屋の小鷹利おばさんをも感動させずにはおかなかった。

「清家さんは偉いわねえ。あなただけは大丈夫かもしれないわ」

「大丈夫って、どういう意味ですか」

久世寿子が注釈をしてくれた。

「あなたくらい仕事一途《いちず》の人なら、アシスタントになってもしくじらないだろうっていうことよ」

「私、よく分りませんけれど」

小鷹利とも子がズバリと云った。

「小式部さんの二の舞はしないということですよ」

「ああ」

隆子は微笑して云った。

「私はパルファンの、このお店全部が魅力なんですもの。どんなに腕に自信がついてきたって、ここから出て独立しようなんて思いもよらないわ」

誰も、このとき隆子のこの言葉と共に、隆子の心にふと芽生えた考えに気のついた者はいなかったが、当の隆子だけは、云い終ったあと、しばらく呼吸を忘れていた。

そうなのだ。

私はこの店が欲しい！

パルファンを私のものにしてしまいたい。いつか。いつか。いつか！

それは、いつか。分らなかった。ずっと先のことに間違いなかった。採寸の仕方に汗みずくになっている今では、まだまだ及びもつかないし、パルファンを自分のものにする方法でさえ思いもつかなかった。

が、隆子には、この希《ねが》いが、いつの間にか決意に似たものになり代っていたらしい。その証拠には、隆子は松平ユキに教えられた採寸のコツを決して他の人に洩《も》らそうとはしなかったし、彼女は採寸の技術をマスターすることに懸命になっているところも決して人目にはさらさなかった。彼女は家に帰ると父親や母親をつかまえて採寸のモデルにしたり、休みの日には高校時代の友だちをつかまえて採寸したり、躰《からだ》つきの違う者をみつけると頼んで寸法をとらしてもらったり、家人はその熱心さに呆気《あっけ》にとられる程であったが、パルファンの縫製室に一歩入ると隆子は気《け》ぶりにもそんな様子は見せなかった。

それは恰度《ちょうど》、入試地獄を控えて猛勉強している高校生たちが、親からテレビ・ドラマの筋書きをきいて学校に出かけ、いかにも昨夜はテレビを見て暢気《のんき》にすごしたときこえるように吹聴する心理と似ていないことはない。励んでいることを内密にするのは、謙遜《けんそん》からではなかった。いつかは出しぬいてやろうと思うからに他ならない。

縫製室では、隆子は前のように蹲《うずく》まって縫いものにかかりきりになる必要がなくなったのをいいことに、急ぎの仕事のないときには、裁断している久世寿子の傍らに立って、布地を展《ひろ》げる手伝いなどしながら、鋏《はさみ》の使い方を慎重に観察していた。

パルファンの裁断法は立体裁断と平面裁断の恰度中間のところだということができる。平面裁断は採寸にもとづいて型紙を作ってから布を断つのだが、立体裁断はいきなり布を躰に当てて断つ。パルファンでは、細々と採寸するが、そのうちの寸法で、裁断する人間が用いるのは、胸囲の一と二とウェストぐらいのものだといってもよかった。少なくとも、久世寿子がチャコやルーレットを用いてシルシをつけてから鋏を入れるのは、その寸法だけであった。あとは目分量でやるらしく、鋏はいきなりジョキジョキと布を断つ。

「勇ましいなあ、カッティングって。いい気持でしょうね、それだけ思いきりよく切ることができると」

こう云うと云い方が久世寿子の意に適《かな》ったらしく、

「そうね。嫌なことがあっても、鋏を使っていると気が晴れるわ」

という返事だった。

「久世さん、ここへいらしてから何年になりますか」

「さあ何年かしら。清家さんより古いことだけは確かだけど」

「いつ頃から裁断専門になったんですか」

「二年もしてからかしら」

「久世さんが志願なさって？」

「志願ってほどのこともないけど、いつの間にかこれが専門になってたわね。けど、確かにこれが一番性に適《あ》ってるのよ。私はおべんちゃら云ってお客の機嫌《きげん》気褄《きづま》をとるより、この方がずっと好きだわね」

久世寿子の言葉の底には、どこかに隆子に対する当てつけがましい響きがあったが、隆子は気にかけなかった。そんなことより、彼女の云ったことの中には、大いに隆子を啓発するものがあった。

久世寿子がパルファンに来る前は何をしていたか、それは分らない。何年になるか云わないのは、隆子が来てから二年ちょっとで表へ出ることに対する当てつけかもしれなかった。しかし彼女の年配と仕事っぷりからみてパルファンに七、八年ではきかないということは充分察しられた。小鷹利おばさんと合わないのも、どちらも古いからに違いないのだ。それはそれとして、久世寿子が裁断専門になったのは、来てから二年たってからだという。

二年！

隆子は縫い子生活二年で表に出ることを奇跡的な抜擢《ばってき》と思い感激していたが、考えてみれば松平ユキは当人のムキ不向きというものがあると客にも云っていたではないか。技術面での隆子の特技は、今までのところは仮縫であった。補正が終ったピンだらけの洋服を、急いで同系色の糸を使って第二の仮縫をするのでは、手早いのでちょっとばかり群を抜いていた。

だが、そんなことよりユキは隆子の才能をもっと別な面に見出《みいだ》していたのではなかったろうか。二年というもの、隆子を観察した結果、松平ユキは独特のカンで隆子を自分と並んで客扱いする場に置くことにきめたのだ。

松平先生は、私に何を見たのだろうか——と、隆子は考えこんだ。

小式部クミのような優しい人当りのいい様子は隆子にはなかったたし、あんな猫撫《ねこな》で声でユキに相槌《あいづち》を打つような芸当が自分にもできるとは思えなかった。

表に出て、隆子が役に立つのは、今のところ補正する松平ユキの背後に控えていてまめまめしく仕えることとしかない。事実、今のところそれ以上の仕事は隆子には出来なかったし、松平ユキも隆子にはやらせなかった。

たしか小式部クミはパルファンに七年いた筈である。すると、隆子は自分の年齢を考えてみた。二十二歳で二年たって二十四歳、それから、五年後には二十九歳！

三十に手の届く年になって、ようやくあの程度になり、しかも年齢を思って独立を考えたらば放り出される——これは考えなければならなかった。

小鷹利とも子は隆子が小式部クミの二の舞はしないだろうと断言してくれたが、あの二の舞をしないためにはどうすればいいのだろう——。

小式部クミは物静かな人だったが、隆子はユキが危んで鋏を渡してくれないほど活潑《かっぱつ》な娘だ。小式部クミの口はユキよりも滑らかに動いて客の機嫌を取結んだが、隆子は逆立ちしてもその真似は出来そうにない。

折しもある石油会社の令嬢のカクテルドレスの仮縫中であったが、

「なんてお綺麗《きれい》かしら。お肌がマシマロみたいで。ねえ、清家さん」

とユキが振り返ったとき、

「そうですね」

と相槌を打ったまではよかったが、

「ふにゃふにゃしていて」

と余計な言葉をつけ加えてしまったのである。全くマシマロと云うより褒《ほ》め言葉の思いつかないような若いくせにしまりのない躰をしていた。

「いやだわあ」

令嬢はふくれあがったが、

「柔かいお肌だと申したんでございますわ。この人は口下手ですけれど、お綺麗でないと思ったら口もききませんのよ。私が中に入って困ることがございますの」

ユキは見事になだめてしまった。


私に向いているものは、ひょっとすると経営の才能ではないのだろうか——と隆子が考え始めたのは、パルファンのアシスタントになって夢中で一年が過ぎた頃であった。

口をきくとしくじるので、真紅の部屋で客のあるときはなるべく黙ってピンを打つようにしているのだが、我儘《わがまま》な客を送り出してしまうと、ほっとしながら、

「先生、壁の布がいたんできましたわ。昼間はちょっとみすぼらしく見えるときがありますよ。そろそろ張り変えた方が宜《よろ》しいんじゃありませんか」

などと云ったりする。

「そうねえ。忙しいので私も目が届かなかったわ。でもこの布、特注しなくちゃ同じものがないいんじゃない？」

「思い切って色を変えるのも一案ですよ。どちらかと云えば若くないお客さまが多いんですから、紫なんかどうでしょう。金とはよくマッチするしゴージャスでしょう？」

「紫ね。悪くないわね。でも清家さん」

ユキはまじまじと隆子を見て、

「今までそういうことを私に云った人はなかったわ。あなたは相当のセンスがあるのね。それとも私が年とって来ちゃったのかしら」

「まさか」

「ええ。まさかね」

松平ユキの表情が硬《こわ》ばったのは、隆子のアイデアを差し出たものと考えたからではなくて、ある焦りがあった為《ため》であった。

「ねえ清家さん」

「はい」

「私、も一度パリへ行きたいと、ずっと前から考えていたんだけど」

「随分前からそう仰言《おつしや》ってましたね」

「小式部のことがあったものだから、それで行きそびれてしまったでしょう？　でも、清家さんも随分馴《な》れて来てくれたし、私も近いうちに行けそうね」

「とんでもありませんよ、先生。先生のお留守中どうしたらいいんです？」

「清家さんに任せるわ」

「私にはとてもお引き受けする自信なんかありませんよ、先生」

「半年ぐらい大丈夫よ」

「半年……？」

「清家さん、あなたはこの一年で信じられないほど進歩したのよ。ちょっと鏡を見てごらんなさい。顔つきまで随分しっかりしてきたわ」

「そうでしょうか」

金の彫刻で縁どられた大きな鏡の中で、隆子は不思議な顔をして立っていた。

黒っぽいグレーの袖なしのワンピースが、長身にたまらなくよく似合っている。若く見られたくないと思って、アップにした髪型が、もうすっかり顔立ちになじんで、隆子にはもうまっ赤な猛々《たけだけ》しいスーツなど無縁のものになっているようであった。実際、多くの客に接して、数多くのドレスを手がけるうちには、目立つ色や、華やかなものにはすっかり食傷してしまった。このごろの隆子は前のように派手な色あいは着てみたいと思わないのである。

顔つきが変った——とユキは云ったが確かに肉がしまって頬骨《ほおぼね》も心もち尖《とが》ってきたようである。目が大きくなったのも痩《や》せたせいだろう。

「私、少し痩せたんですね、先生」

「痩せるほど一生懸命だったのよ、私もそういう時期があったわ。あなたよりもう少し若いときだったけれど」

「パリにいらしたときですね？」

「そう。あの頃は夢中だったわ。お金がほしいとも、名をあげようとも夢にも思わなかった。ただ気に入ったドレスが縫えるようになりたいと思っていて、本当に純粋だったわ」

「今だって先生は純粋でしょう？　雑誌の仕事なんか少しもなさらないし、映画のお仕事だって、鳥尾さんがあんなにおすすめになっても……」

映画スタアの鳥尾文子はパルファンの顧客の一人であったが、最近、彼女の百五十本を記念する豪華大作に着るドレスを全部受持たないかと云ってきたのだったが、字幕に出るのは嫌だと云って松平ユキはきっぱり断ってしまったのだった。

「お断りしたのは商売上不利だからよ」

「…………」

「映画雑誌や週刊誌が宣伝材料として書き立てるでしょう？　それと同時に私の名前もパルファンもまるで安っぽくなってしまうわ。一般に名が知れるのを有名というようだけれど、それは低くポピュラーになるだけでね、本当に仕事が大切だったら着た人が覚える腕だけで勝負すべきなの」

「ほら、やっぱり純粋じゃありませんか」

「そう云えばそうね」

「そうですよ。だから私、先生を尊敬してるんです」

「有難う、清家さん」

どうしたことかユキの美しい目に涙がたまっていた。思いがけないことだったので、隆子はすっかり驚いてしまった。

「先生、いやだわ。少しどうかしていらっしゃいますよ、この頃」

わざと朗らかに笑いながら云うと、

「ええ、理由があるのよ」

と沈んでいる。

「どうかなさったんですか。何かあったんですか。私が伺ってもどうにもならないことなのかもしれないけど」

「多分あなたの知ってることで屈託しているのよ、私」

「なんのことなんでしょう」

「相島さんのことが週刊誌に出ているわ」

「え？」

「知らないの？」

「全然。相島さんが何をなさったんです？」

「美術界は大騒ぎになっているじゃないの。ルノアールやローランサン、それにピカソからビュッフェまで……あの人、贋作《がんさく》を売っていたのよ」

「本当ですか」

「今週は、どの週刊誌もその特集ばかりよ。どうしてあなたが知らないのか不思議なくらいだわ」

「ついうっかりしてたんです。それに週刊誌なんて映画と同じで読み出せばキリがないかわり、読まない気になれば見なくてもすんでしまうから。その分モード雑誌を見て、フランス語の字引をひいてました」

松平ユキは隆子の喋《しゃべ》るのは全く聞いていないようだった。ドアを開けて隣の自分の居

積上げられていた。

「見て頂だい、これに全部のっているわ」

と指さして見せたテーブルの上には、十冊近い週刊誌が開かれたものも混って乱雑に積上げられていた。

「先生が買ってらしたんですか」

「いいえ。信彦よ！」

信彦が本屋の前で舌なめずりをしながら、ありとある週刊誌を買い漁《あさ》っている様子が、なぜか隆子には鮮やかに思い描くことができた。

隆子とて興味が無い話ではない。早速一番上の一冊を取上げてパラパラと頁《ページ》をくると、
　その人の名は相島昌平
　西洋名画贋作事件の立役者
という大きな見出しの文字が目に飛込んできた。相島の写真がキャビネ判で出ている。

西銀座の相島画廊をめぐって不明朗な噂《うわさ》が浮き沈みし始めてから久しいが、この程の毎朝新聞主催の西洋美術展に出品された財界のO氏蔵するルノアールの真偽をめぐって、遂《つい》に大がかりな贋作グループがあることが問題になり、中心人物として相島昌平氏(四七)が浮び上がってきた。相島氏は美術学校卒業後、長くパリに遊学していた元画家で、若い頃から複製模写にかけて並外れた才能を持っていたと云われて

いる……。

どの週刊誌を展げても記事は概《おおむ》ね似たりよったりであった。彼が直接筆をとって偽作したときめつけている記事もあれば、大がかりな偽造団があって彼はその首謀者らしいと推理小説のように扮飾《ふんしょく》をほどこしてあるものもある。

顔をあげて隆子が訊いた。

「これ、みんな本当のことでしょうか」

隆子の声が落ち着いているのに反比例するように、松平ユキがカン高い声をあげた。

「知らないわよ！　だけど、全部が全部同じことを書いているじゃないの！」

「相島さんは、断固として本物だと云いはってらっしゃいますよ」

「あの人は、いつも断固としているわ。断固として私と結婚しなかったくらいですもの」

「美術評論家や鑑定家で、本物だと云っている人たちもいないわけじゃないんですから、これは水掛論争ですね。事実は書いてあるほど悪質なものじゃないんじゃないかしら」

「評論家や鑑定家なんか、買収すればなんとだって云うわ」

「誰かの策謀だって、相島さんの方でも云ってます」

「清家さん。あなたはいい人だから相島さんの肩を持つのかもしれないけれど、私は長い付き合いであの人の若い頃も、近頃のあの人がどう変ったかも、よく知っているから、だから心配しているのよ」

松平ユキは日頃の平静さを失ったように、言葉の一区切りごとに苛立《いらだ》ちを示し、落ち着かずに部屋の中を動きまわっていた。

「あの人もパリに行くべきだわ。私はなんとかして彼を連れて行きたい。パリへ行けば、私と同じように彼も青春を取戻せると思うの。純粋さが戻ってくるわ。彼も、また絵が描けるようになると思うわ。本当の絵がね！」

「先生」

隆子は静かに立上がって云った。

「先生は相島さんを愛していらっしゃるんですね」

「そうよ」

ユキが肯《うなず》いた拍子に、涙がダイヤモンドのように光って飛び散った。

「じゃ、いらして下さい、パリへ。私、なんとかしてお留守を守ります」

「清家さん」

目をしばたたきながら、ユキは泣いていることにてれたように笑いながら、

「有難う。あなたのそういうところが大好きなのよ」

と、云った。

その日、縫製室での仕事が終ると、かなり早く隆子は帰り支度を始めた。なんだか落

ち着かなかった。相島昌平の事件も、早く真相が知りたかったたし、何より本人の口から話が聞きたかったのだが、相島画廊は閉じてしまったのか幾らダイヤルを廻《まわ》しても電話のベルに応える者がなかった。が、近々ユキがパリへ行きたく思っている事実は確かであったし、隆子が中心になって留守を預かることになるのも間違いがないように思われた。

隆子は落ち着かなかった。パルファンに入って、たった三年間でこんなにも早く局面が展開するとは思わなかったからだ。

タクシーが来ないかと、後からくる車に気をつけながら、隆子は道を急いでいた。ともかく新宿まで出て、映画でも一人で見ている間にいろいろと考えてみようと思ったのだった。それでなくても、アシスタントになってから隆子の給料は前の三倍くらいには ね上がっていたから、近頃は頻繁にタクシーを使う癖がついている。

「どこへ行くの?」

後からいつの間にか信彦が従《つ》いて来ていた。今日は車を修理にでも出しているのか、歩いてパルファンから追いかけて来たらしい。

「帰るのよ」

隆子は素っ気なく答えた。信彦と帰りがけにデートした回数は、もうこれまでに数えるのも面倒な程になっているが、もう隆子はすっかり飽き飽きしてしまっていた。相島と較べたらバカみたいに詰まらない相手だ。

「食事つきあわない？」

「そうねえ」

「気のない返事だね」

「あんまり気がないのよ」

「それでも今君が考えてることの相談相手になれるのは僕ぐらいなものだと思うがな」

「なんのこと？」

「なんのことって、わざわざ訊くことはないだろう。相島画廊とパルファンは切っても切れない仲だからね、姉さんのショックも深刻なのさ」

「パリへ行って純粋に勉強し直したいって仰言ってらしたわ」

「利口そうな顔をしてるけど、清家さんも結構甘いところがあるんだね」

「どうして私が甘いの？　私は松平先生がパリへいらした後をどうしたらいいかと思うと胸がつぶれるほど心配なのよ。大責任ですもの」

「そりゃ清家さんの胸ぐらい簡単につぶれちゃうのさ。何しろパルファンがつぶれかかっているんだからね」

「…………」

隆子は驚いて信彦の顔を見上げた。オートクーチュール・パルファンがつぶれかかっている……？　思いがけなかった。隆子は耳を疑いながら訊き返した。

「何が、つぶれかかっているって云うの？」

「われらのパルファンが、だよ」

信彦の端麗な顔に、冷笑ともつかない皮肉な笑いが翳《かげ》っていた。

「どうして。お店は大繁昌《だいはんじょう》なのに」

「軒先がいくら華やかでも、母屋が倒れたら一蓮托生《いちれんたくしょう》さ」

「相島画廊がつぶれるって云うの？」

「ああ、つぶれたも同然だね。店の信用がなくなれば、客も来ない、金も動かない。おそらくもう世の中に顔は出せないさ」

「でも相島画廊とパルファンは何の関係もないわ」

「と思うだろう？　だから甘いというのさ。パルファンの経営は、ずっと前から赤字なんだよ」

「まあ、どうして」


信彦と隆子は、新宿三光町《さんこうちょう》にある「玄海」という水たきの店にあがっていた。日本座敷だが全館完全冷房で、夏のデートとしては鶏の水たきと共に頃あいだった。信彦は長すぎる脚を折り曲げて胡坐《あぐら》をかき、隆子はタイトスカートの膝《ひざ》を崩して、ガス台つきの卓を中に向い合っていた。

「いいよ、僕たち勝手にやるから」

「お飲みものは」

「熱燗《あつかん》をそうだな、二本ずつ間をおいて持って来て。二人で八本ぐらいは軽く飲むよ」

「お強いですねえ」

「僕は弱いんだけど、このお嬢さんは強いのさ」

「まあまあ、御馳走《ごちそう》さまでございます」

女中の退《さ》がったあとで、信彦は銚子《ちょうし》を取上げると、しつこく隆子にすすめ始めた。

「私、お酒に強くなんかないわよ。それよりパルファンが赤字っていうのは、どれくらい本当なの？」

「どれくらいなんて失礼な訊き方だな。まるで僕を信用してないみたいじゃないか」

「うん、実は信用してない」

「ひどいな。どうしてだい」

「だって、信彦さんだか三郎さんだか、そのときによって態度が変る人を信用できるものですか。あなたはパルファンにいるときと出たときとで、まるで人が違ってしまうのよ」

「場合によっては今日限り、態度が変らなくなるよ」

「そんなことはどうでもいいの。それより気になるのはパルファンがどうして赤字なのかということだわ」

「僕とのことはどうでもよくって、それでパルファンの経営状態だけ訊こうっていうのかい？　それは勝手すぎるなあ。第一、無礼だよ」

「じゃあいいわ、もう訊かない。直接松平先生に訊けばいいことなんだから、留守をお預かりするとなれば、私の方が訊かなくたって先生が教えて下さるでしょうからね」

「借金逃れに逃げ出そうと思ってるのが、どうして事細かに説明して出るもんか」

「なんですって？」

隆子は坐《すわ》り直した。

「だから甘いというんだよ。松平ユキに信用されて、任せると云われて、それですっかり感激してるんだろう？」

信彦がにやにや笑っているのが口惜《くや》しかった。

「でも、どうしてあれだけはやっていて赤字になるのか分らないわ、私には」

「あれだけ裏で人間を使っているんだし、完全冷暖房の家という道具を使えば、維持費というものが普通の洋裁店の比じゃないのさ。それで客は限定しているからね。大金持の数は日本ではそれほど多くはないからね」

「…………」

「ジャーナリズムに顔を出さないという信条は、ある意味では成功したんだが、ここまで来たら店の間口をひろげなくちゃ駄目なんだよ。経営の原則でね、店はやり出したら広げて行かなくちゃ採算がとれなくなってくるんだ」

「…………」

「今までになるには資金源があって、それが相島昌平だった。洋服じゃいくら儲《もう》けたところで一着につき二十万以上の仕立賃はとれない。それから維持費を差し引き、税金を差し引くと、見てくれほどは儲からないが、偽のピカソや偽のルノアールは、百万単位で金が転げこむからね」

「あれは、やっぱり本当なの？」

「本当さ。あの男は見かけによらず手先が器用で、だから画家としては駄目だったのさ。何を描いても誰かの模倣になるからね。独創性がなかったんだな、芸術家に最も必要な」

「…………」

「松平ユキ女史は、あれは芸術家でね、そこを相島プランで成功したんだけども、芸術家の成功必ずしも経済的な成功じゃない。贅沢なものを作るのに心を奪われると、もう損得は度外視してしまうんだな。だから帳尻はいつも赤字さ。少し儲かれば宝石を買うし、それも目がこえてしまっているから安物では間にあわない。借金は殖《ふ》える一方だ。いよいよ困ったときだけ相島に頼みに行くのさ。気のいい男だから云うだけ出してくれて、それで今までやってきた。だが、相島昌平のカラクリがばれたら、もう駄目だよ。姉さんは前からパリ行きだけは相島の世話になりたくないと思って、ヘソクリで株に手を出したんだが、御存知の不景気で暴落だろう?」

「………」

隆子は茫然《ぼうぜん》として、信彦の滑らかに動く唇を眺めていた。信彦は喋りながら、自分も飲み、しきりと隆子の盃《さかずき》にも酒を充《み》たしていた。注文した通り、女中は頃合を見計らっては酒徳利を運んで来たので、酒の絶え間はなかった。

「パルファンの建物は、間もなく担保に入ってしまうよ。でなくちゃ松平ユキのパリ行きの費用は出来ないもの」

「じゃ、私は……」

信彦は肯いて云った。

「君に任せられるパルファンの実態がそれさ。借金と、担保に入った家屋と、大勢の縫い子たちを、経験もない君が引き受けさせられるのさ」

「………」

「結果はどういうことになると思う?」

「あなたはどう思っているの？」

「小式部君と同じ轍《てつ》を踏むことになるよ」

「まあ、誰が？」

「清家隆子、あの子が私の店を滅茶滅茶《めちゃめちゃ》にしてしまったんでございますのよ。まあ人は見かけによりませんわ。ええ、それに任せて出たのは私の不明でございましたけれど、ともかく帰ってみれば家まで無くなっているんでございますもの、今の若い人は怖《おそ》ろしゅうございます。でも、ゼロからでも出発いたしませんことには、と存じまして恥をしのんでお伺い致しました。奥さま、でも私は後悔しておりませんわ。パリで勉強していたことだけは、本当によかったと思っておりますの。日本にいたのでは、とても駄目でございましたわ、こう云って松平ユキ女史は第二の出発をするだろうね」

「………」

隆子は黙ってコップに徳利の酒をあけた。一息で飲めるだけ飲んでから、

「信彦さん、あなたは私が何を考えているか分る？」

と云った目は酔った為か燃えているようだった。

「逃げるなら今のうちかい？」

「ふふ、ふ、ふ、ふ」

「酔ってきたね？」

「飲んで酔わなきゃ酒じゃないって文句があるわね。今日のは紅茶でもレモンジュースでもないのよ」

「そうだ、そうだ」

「私は引き受けるつもりよ」

信彦は煙草《タバコ》に火を点《つ》けた。ロングサイズのペルメルで、しなやかな女のような手によく似合う。巧芸品のような男だなと、酔った頭の中でふと隆子はそう思った。

「私はパルファンを引き受けるわ。先生が帰って来るまでに、借金を払って、ちゃんと独立採算がとれるようにしておいてあげるわ」

信彦は黙って煙を吐いている。故意にか隆子の顔を見ようとしなかった。

「私は、あなたが考えているほど松平先生が悪辣《あくらつ》な人だとは思っていないわ。私を利用するつもりで私を仕込んで下さってるとは考えることもできないわ。私が先生の為に誠実だったら、先生は私を追出すことはできないでしょうよ。小式部さんと私とは、違うわ」

「…………」

「そんなことより、いったいあなたは何なの?」

信彦は煙草を口から離して隆子を見た。

「あなたは何なのよ、信彦さん。いいえ、三郎さん」

「僕は、なんでもないよ。松平ユキの弟さ。ただそれだけだよ」

「あなたが弟だなんて、誰が本気にするものですか」

「じゃあ、なんだって云うんだ」

「なんだかしらないわ。ただね、弟だったら傭人《やといにん》の私に向って、姉さんの悪口を云う筈《はず》はないと思ったのよ」

「僕は間違いなく弟さ。相島という男がいることが分っていて、松平ユキに養われているだけだったら、それじゃ僕はヒモじゃないか。弟だから、ともかくドアボーイになっているんだ」

「じゃ何故《なぜ》、私にパルファンの秘密をペラペラ喋ってのけたの？」

「君を愛しているから」

「ウソ」

「君がみすみすひどい目にあうのを見ていられなかったんだ。それがウソだというなら、もう一つの理由を云おう。君は肉親が憎みあうことのあるのを信じるかい？」

「どういう意味かしら」

「僕は姉さんを愛してきた。が、同時に憎しみも深める一方の生活だったんだ」

「………」

「今の僕に何があると思う？　ドアボーイ以外に何の仕事もない。財産も今いった工合に無くなってしまった。僕は姉さんの影法師で、だのに姉さんは僕のものじゃないんだ。松平ユキは相島昌平のものだよ。一緒に国外脱出を考えている。僕は、君と同じように捨てられるんだ」

信彦も珍しく酔って来ていた。

隆子は自分も酔っている筈だと思う一方で、頭の芯《しん》がひどく冴《さ》えてきているのに驚いていた。

信彦の述懐が、実によく理解できる。特異な肉親関係の特異な愛憎が、信彦の言葉通りに、分るのであった。

「僕をプレイボーイだと隆子さんは思っているだろう？　僕は否定しないよ。姉さんは僕を独占したくて結婚させたがらなかったから、僕は金の使える分でプレイボーイになるより仕方がなかったんだ」

「………」

「君に最初に近づいたときも、いつもの調子だった。だが手応えが違っていた。僕はいつの頃からか君と本気で結婚することを考えていたんだ」

「ちっとも知らなかったわ。それもプレイボーイのやり方じゃないのかしら」

「頼むよ、本気で聞いてくれ」

信彦の目には異常な光が宿っていて、隆子がまぜっ返すのを本心で厭《うと》んでいることが分った。

「パルファンの内情を君にばらしたのは、君の為を思うのと同時に、相島と姉さんに復讐《ふくしゅう》したかったからだ。一番困っているドタンバで裏切ってやりたかった」

「私にも裏切りの片棒を担がせたかったってわけね？」

「………」

「でも私は引き受けるわよ。かりに松平先生の真意があなたの云う通りであっても、私はパルファンを引き受けるわ」

「借金と担保に入ったパルファンだよ」

「ええ。それでなくても私には何もないのですもの。0《ゼロ》の者が、0のものを引き受けるのに何が怖いものですか」

「パルファンは0じゃないよ。0以下だよ。マイナスだよ」

「私は立直してみせるわ。やり方はいくらでもあると思うわ。あなたが云ったように間口をひろげればいいじゃないの」

「君が、どうやって展げるんだい？」

「私が何も出来ないと思っているのね？　松平先生は今が今パリに出かけるのじゃないのよ、今のうちなら打つ手はいくらでもあると思うわ」

　よろりと隆子は立上がった。

「どこへ行くんだい」

「帰るのよ。だって酔ったんですもの」

「僕が送るよ」

「駄目。あなたも相当酔ってるもの。今日は別々に帰りましょう」

「隆子さん」

手首を握られて、ぐいと引き寄せられると、隆子は他愛《たわい》なく畳の上に崩れた。全身に酔いが廻っている。これは困ったことになったと思ううちに、信彦が全身で掩《おお》いかぶさってきた。

「駄目よ。人を呼ぶわよ」

その唇を唇で押えて、今日の信彦はしつこかった。夏のブラウスの大きく開いた衿《えり》もとから信彦の手がすべりこみ、隆子の乳房を押えている。隆子は身をよじったが、抵抗しているのか悶《もだ》えているのか自分でも分らなかった。信彦の唇は、隆子の唇から離れたあとも、瞼《まぶた》や耳や首や胸に雨のように接吻を浴びせたが、隆子は恍惚《こうこつ》としていて、はねのけて起きることを忘れていた。酔いが、信彦の手をかりて、隆子の躰を揉《も》みほぐしているような気がしていた。

「駄目。いけません」

隆子はスカートの裾にかかった信彦の手をはねのけて、ようやく我に返った。

「愛しているんだ」

「分ったわ。だけど、あなたの愛は、相当に取引の匂《にお》いがして嫌よ」

「どうして?」

「裏切りの片棒を担がせたいんでしょ」

「隆子さんに担ぐ気がないのが分ったよ」

「だったら一層私が必要になったわね」

「どうして?」

「それが分らない私だと思っているの?」

隆子は声をあげて笑いながら、部屋の隅にある呼鈴を押した。

女中が現れる前に、隆子はコップに残っていた冷めた酒を、一息に呑《の》みほしてみせ、そういう自分の態度にひどく満足していた。


「それじゃね、隆子さん」

松平ユキは手をのばして、隆子の手を軽く握った。冷たい手であった。

隆子は黙って握り返したが、あまり強い力はこもらなかった。何もかも割切れないことだらけだ。だが日はどんどん経ってしまって、隆子の質問にユキは煮えきらない返事ばかりで、到頭彼女の出立の日が来てしまったのだ。

羽田のロビーに見送りに来たのは、清家隆子と、松平信彦と、小鷹利とも子の三人だけ。相島昌平は一緒の飛行機ではないらしく、どこを探しても姿はなかった。見送りに来ている筈だと思っていたのに、来ていないところをみると、彼はもう先にパリに着いてユキを待っているのかもしれないが、そのことについても、ユキは隆子の質問に対して、ひどく曖昧《あいまい》な返事しかしていなかった。

「姉さん」

信彦が求めるように彼の方から手を出すと、ユキは咄嗟《とっさ》にハンドバッグもストールも肘《ひじ》の方に押しあげて両手をあけ、二つの掌《てのひら》で彼の手を握りしめた。

「元気でね。手紙を頂だい。きっとよ」

「うん。姉さんも書くね」

「ええ。雑誌の方は頼むわ」

「大丈夫だよ、その方は」

パリへ向うユキの旅装は、殆《ほとん》ど黒に近いチャコールグレーのコートとスーツのアンサンブルで、例によってどこにも目につくアクセントのないシンプルなデザインであった。ただ、黒い帽子の縁どりのシルバーミンクだけが全体のポイントになっていて、バッグも、靴も黒。ストールのミンクは、濃いグレーで、いかにも松平ユキらしく、どこにも仰々しさを感じさせなかった。が、布地も皮も質的には上等で値段もとびきり高価なものばかりなのである。指には大きな角ダイヤが一つ、上品な光を放っていた。

六十キロまで制限のある荷物は、二つの布ばりのスーツケースに納まって、とっくに飛行機に積み込まれていたから、松平ユキの手荷物はやや大き目のバッグとストールがあるばかりだった。そして三人ばかりの見送り人。もしロビーで、パルファンのお客さまに出会うことがあっても、誰もユキがこれからパリへ向うのだとは思わなかっただろう。それほど軽装で、それほどさりげなく、

「小鷹利さん、お願いしますね」

片手をあげて云うと、ショーのときのファッションモデルのように素早くくるりと背を向けて、松平ユキは颯爽《さつそう》と羽田の税関入口へ入って行ってしまった。

辺りには、花束を抱えきれないほど貰《もら》ったり、三つも四つもの写真機を肩や首にさげ、両手に大きなボストンバッグをいかにも重そうに提げている人々が、大勢の見送り人と幾度も幾度も名残《なご》りを惜しんでいたが、そんな野暮ったい旅人たちと較べて松平ユキはどこまで洗練された美しい人だろうかと、隆子は溜息《ためいき》が出そうだった。

「フィンガーへ出てお見送りしましょうよ」

と、云い出したのは意外にも小鷹利おばさんで、隆子は内心はそれほどでなく、信彦に到《いた》っては、

「姉さんには、そんな感傷癖ないんだけどなあ」

露骨に面倒臭そうな顔をしたが、ともかくこの三人は連立って二十円ずつ硬貨を落としては自動出入口を通ってフィンガーへ出た。

ずっと花曇りが続いていたが、この日は珍しく快晴で、フィンガーのすぐ目の前にエール・フランスのスマートな飛行機が銀翼を伸ばして搭乗者を待っていた。

「いいお天気ね」

「空気がきれいだわ」

「ここにはスモッグがないからな」

深呼吸をしている人々は他にもいた。

小鷹利とも子は、その皺《しわ》だらけの顔をひろげるようにして大きく息をしながら、

「疲れきったということがよく分るわねえ」

と隆子を見て笑った。

「本当に。忙しかったから」

「まだまだこれからもよ」

「ええ」

松平ユキが出立する今日までに、オートクーチュール・パルファンには戦場のような騒ぎが起っていたのであった。

ユキがパリへ行き、そのあとを隆子があずかるについて、隆子が提案したアイデアが二つあった。一つは、映画女優と提携すること。ピエール・カルダンがジャンヌ・モローを熱愛し、総《すべ》てのデザインを彼女に捧《ささ》げているように。またオードリー・ヘップバーンの出演する映画の総ての衣裳《いしょう》はジバンシーが引き受けているように。近くはルイ・フェローとキム・ノバクのロマンス。そんな例をあげて隆子が説き始めると、ユキは話の途中で片手をあげて、

「そのことなら、私もそろそろ考えていたところなのよ」

と云い、冴田絵理子が今度日映と契約が切れるのを機にフリーになり、各社の大作に出演するについて、そのデザインを松平ユキに依頼して来ていることを告げた。

隆子は折角の自分の練りに練って思いついたアイデアの足をすくわれたように思ったが、松平ユキは自分のパリ行きとその話を、隆子のアイデアと結びつけて静かにそう云うのであった。

「引き受けるについて、私の名前は出さないのが得策だと思うの」

「…………?」

「衣裳製作オートクーチュール・パルファン、と出して貰うのよ。日本にはまだオートクーチュールを店の名に打出したところはないでしょう？　松平ユキを売るより、片仮名ばかりのパルファンの方がショッキングよ。無学な人は外人の名かと思うかもしれな

いし」

ユキは喉《のど》でころころと笑った。

「それでなくても、カルダンやジバンシーは人の名前というより、店の名前といった方がいいくらいよ。あれはもう事業ですからね」

「私も、そういう意味で採算をとることを考えた方がいいと思っていました」

「…………？」

今度は松平ユキが不審そうな顔をした。

「お金持のお客さまばかり相手にしていたのでは数に限りがあります」

「もちろんよ。だから私のところはオートクーチュールなんだわ」

「実質的にオートクーチュールである分は松平ユキ先生御自身がなさって、一般向きには映画で広めたオートクーチュール・パルファンの仕事を拡《ひろ》げたらと思うんです」

「どうやって？」

「百貨店との提携です」

「うちのお客さまの自尊心を傷つけてしまうでしょうね」

「松平ユキと清家隆子との違いをどうお考えになりますか」

「…………」

「月とすっぽんです。本気のお話です。私にはキャリアも才能も先生の足許にも及びません。ですけれども、オートクーチュール・パルファンの名を出せば、人は同じだと思いますわ」

「………」

「先生のお客さまだけは、その違いをはっきり知っています。それに、売る品物が根本的に違えば、文句はおっしゃらないでしょう？　豪華なレストランが、余った肉と野菜を使って格安のカレーライスの専門店を裏口に作ったって、レストランのお客は減りません」

「すごいことを云うじゃないの、隆子さん。それで、百貨店では何を売るつもり」

隆子は大まじめな顔をして答えた。

「カレーライスです」

「分ったわ」

松平ユキは、やっと日頃の柔和な表情を取戻した。

「プレタポルテ、ね」

「え？」

今度は隆子が不審な顔をした。耳新しい言葉だったからである。

「既製服よ」

「ああ」

隆子も、実はそこまでは考えていなかった。百貨店にオートクーチュール・パルファンのコーナーを設けてもらい、そこで松平ユキの昔から今までのデザインをもとにして、隆子たちが交替でお客さまの注文に応じればいいと思っていたのだった。ずっと前に、どこかの奥さまやお嬢さまに仕立てたものを、一般むきにデザイン料はぬきにして売ればいいと考えたのだが、流石《さすが》に松平ユキの方が考えは一枚上を行っていた。

「ルイ・フェローがそれでのして来ているのよ。特定の人だけでなく、一般向きのものを作るという傾向が、アメリカでなく、フランスにも生れているのよ。私が今度パリへ行く目的も、一つにはプレタポルテの研究だったのよ。一般向きの寸法の割出し方を勉強したいと思ってね」

「そうだったのですか」

「あなたも同じことに目をつけたとは流石だわよ、隆子さん。カレーライスはよかったわね」

ユキは、また喉を鳴らしてころころと笑った。

「寸法の割出し方は、今のところ、うちでは小鷹利さんがベテランよ。百貨店もいいけれど、繊維会社と先に提携する方が有利じゃないかしら。冴田絵理子さんとも、そんな話をしたところだったの。やればバタバタっときまってしまうわ。何しろ、どこも春の新柄の売出し前で必死ですものね」

「先生」

「安心したわ。すっかりあなたに任して行くわよ、隆子さん」

ユキの唇許には微笑が漂っていたが、隆子には少しもユキが安心しているようにも、隆子に任せきる気があるとも思われなかった。実感がないのは、なんという不安なものだろう。

センスのいいことで高名な一人の映画女優と密接な関係を持つことも、繊維会社、デパートと三者提携でプレタポルテの製作にのり出すことも、隆子が思いがけないほどの速度で軌道に乗り始めた。

オートクーチュール・パルファンの実績は、すでに長く潜在的に関係業者の間には知れ渡っていたので、会社もデパートもこちらから誘いをかけるとすぐに飛びついてきた。それには他の業者間の猛烈な売出し合戦間際というタイミングのよさもあったのだろう。主人公がすぐパリに出かけてしまうというのも、宣伝には悪くない材料になったらしかった。松平ユキが自らパリにおもむき、そこから直送してくるプレタポルテ――。加えて、フリーになったばかりの冴田絵理子は、京映と梅田映画をかけ持ち出演して、どちらでもオートクーチュール・パルファンの華麗なドレスを披露することになって、封切前から大々的に両者の宣伝合戦が開始されたのである。

京映の映画はシンデレラ物語の現代版で、貧しい娘が突然のように豪華な夜会や宴会の続く生活に入り、それまで彼女の美しさに気づかなかった人々を次々に魅了して行くストーリーで、冴田絵理子はカクテルドレスやイブニングドレスばかりを十何点も取換える。

梅田映画では、これはパリ帰りの女流商業デザイナーで、小粋なスーツや旅行着、それにスラックスとブラウスなどの室内着に重点が置かれ、二つの映画をかけ持ちしながら冴田絵理子は御機嫌だった。

「ドレスはパルファンに限るわ。これまで幾度頼んでも映画衣裳はやってもらえなかったのに、やっと私の願いが実現したのですもの、嬉《うれ》しいわ。最高に御機嫌だわ」

週刊誌の色刷りグラビアで、彼女は様々なポーズをとりながら、パルファンの衣裳をとっかえ、ひっかえ着て見せながら、こういう談話を発表していた。

婦人雑誌が松平ユキを追いかけ始めたのも、この頃である。だがユキは、行方をくらまして誰のインタビューも受けつけなかった。やむなくどの雑誌も、側面から彼女を書くことしか出来なかった。つまり、清家隆子の談話とか、パルファンの顧客である人々のユキ礼讃《らいさん》とか、それからユキの不在中に入りこんで、その豪華な客間に仰天したインタビュアーの手記とか——。

その結果、松平ユキは、ちょっとした謎《なぞ》の人に仕立上がった。

そして、映画が封切りされるのが明日という日になって、松平ユキはいかにも彼女らしくひそやかに機上の人となったのである。

フィンガーで見送りに立っている三人には気がつかないのか、搭乗時間が来るとユキは隆子たちの眼下をさっと歩いて、真直《まつす》ぐにタラップへ向い、一度も後を振り返らずにエール・フランスへ乗込んでしまった。

信彦がピーッと口笛を鳴らした。

「みろよ。姉さんは僕らがここにいるとは思ってもいないんだ」

不満らしく云ったが、小鷹利とも子は厳然と、

「それでもお送りしなくっちゃいけませんわ」

と云ってのけ、エール・フランスの銀色の飛行機をじっと見下ろしていた。

隆子は隆子で、別のことを考えながら、ユキを呑込んだ飛行機を眺めていた。

「先生、お任せ頂くのでしたら経理の方も詳しく教えて頂かないと」

と云ったのに、

「ああ、帳面は信彦に渡したわ、心配しないでも大丈夫よ」

「先生の旅費は、この建物を担保にしてお借りになったんじゃないのですか？」

突っ込んで訊くと、呆《あき》れたように、

「何を云うの隆子さん。これだけ景気のいいパルファンが、どうしてそんなことをしなくっちゃならないのよ」

そう云って松平ユキは笑ったのだ。いつものように、ころころと喉を鳴らして。

映画館の中は、若い女たちの甘酸い匂いでむせ返るようだった。日曜日でもないのに、しかも昼間、客席は大入満員で補助席まで出たうえに、通路にも身動き出来ないほど人が立っていた。

スクリーンでは、冴田絵理子が、目くるめくような忙しさでパルファンの衣裳を次々と披露している。オレンジ色のサテンのタイトなイブニング。白い手袋だけがアクセントで、なんのアクセサリーもつけていないかに見えたが、絵理子がぱっと背を向けると、ウェストまで直截《ちょくせつ》に割れたその頂点に、掌ほどもある大きなブローチが七色の輝やきを辺りに燦《きら》めかす――客席からは一様に熱っぽい吐息が洩れた。

夜、豪華な邸宅から、宴《うたげ》に疲れた彼女が庭にすべり出るときの、黒いビロードのナイトガウンと、プールの傍《そば》で恋人と出会って身をひるがえすはずみにヒラリと見える薄いジョーゼットのナイティ。

タフタにチュールを合わせた夢のように仄《ほの》かなカクテルドレスは、絵理子の歩みに揺れて、紫陽花《あじさい》のように青から水色、藍《あい》、藤色《ふじいろ》と様々にスカートの色をかえた。

オーガンディのフリルをふんだんにつけて盛上がらせたバストとヒップと、対照的にタイトに仕立てたウェストとスカートのイブニングは、歩くと美しさが崩れるものだから、そのシーンの絵理子は立ったまま、ドレスと同じ色のピンクの酒を飲んでいた。

緑の芝生の上で、身悶えしていた主人公が泣く場面では、わざと同じ緑のブークレで、背中を大きく刳《く》ったドレスを仕立てた。この色彩効果は、絵理子の肉体美を強調していたから、絵理子自身が一番気に入っていたらしい。

華やかなプリントのシルクファイユのコートの下に、同じプリントをジョーゼットに使ったドレスが現れたときも、ＢＧたちは吐息をついた。こういう贅沢な布地の扱い方は彼女たちの夢であるらしい。

隣に腰かけていた信彦が、そっと隆子の手を握りにきたが、彼女は握らせながら知らん顔をしていた。

バカね。何をしているの、仕事中に……。

隆子は心の中でそう呟《つぶや》いていた。信彦はぐうたらだが、私は違う。この観客席の反応は、すぐ次の仕事に使わなくてはならない。これだけの成功が冴田絵理子をいよいよ強くパルファンに結びつけることは間違いなかったし、映画会社も次の作品とパルファンの提携を切望することは容易に予想できた。

大成功だわ……。

隆子は頰を紅潮させていた。自分の成功だという錯覚さえ生れていた。

贅沢に狎《な》れ、奢《おご》りきった女主人公が、栄華の夢破れた後も昂然《こうぜん》と胸を張って夜の街へさまよい出て行くラストシーンで、冴田絵理子は最も豪華な金色のフランス・ラメを使ったイブニングを、裾《トレーン》長く曳《ひ》いて着ていた。彼女は片手にパステル・ミンクのストールを摑《つか》みしめ、その指には十キャラットもある猫目石をダイヤでとりまいた指輪が輝やいていた。この映画は衣裳はパルファンと組んだ他にも、宝石類はパルファンのプレタポルテを使う西竹デパートの提供で全部本物を使うということでも評判を呼んでいたのである。レジャーブームは、若いBGの間にも宝石ブームを呼び起していた。

「凄《すご》かったわね」

「私、もう一度見るわ」

「私も」

「へんなファッション・ショーや、モード雑誌を見るよりぐっときちゃう」

「だってオートクチュールだものね」

「やっぱり大したものね」

「日本でもこれだけのことが出来るんなら、何もヴォーグ見てドレスを考えることないじゃない?」

「パルファンってとこ、高いんじゃない?」

「そりゃ高いわよ、オートクチュールだもの」

終って明るくなった客席のあちこちで、また映画館のロビーを行き交う女の子たちの会話が、隆子の耳に向うから飛込んでくる。誰もこの映画のストーリーに関心を持っている者はなかった。みんなすっかりドレスと毛皮と宝石にいかれてしまっている。知ったかぶりでパルファンの噂話をしているのが聞こえてくると、隆子は笑いを抑えきれなかった。

「こうなると、あっちの映画もすぐ見たくならない？」

「でも、こっちと較べて、どうかな？」

「だって、あっちの方が現実的でしょ？　すぐ真似が出来るじゃない」

「ああ、着られるわね、あっちなら」

「私、これからはパルファンにきめたっと」

「お金もないくせに」

「あら、冴田絵理子を見ていればパルファン調でいけるわよ。あの人ずっとパルファンしか着ないって宣言しているわ」

隆子は、ＢＧたちの真ン中に入って行って、大きな声で、パルファンのプレタポルテは西竹デパートで発売されますよ、と叫びたくなる衝動をようやくの思いで抑えていた。この調子なら、パルファンのプレタポルテに客が殺到するのも間もないことだろう。

映画館を出ると、

「食事をしようよ。腹ペコだ、僕は。長い映画だなあ、だらだらと。僕は退屈したのに、どういうんだろう、あの盛況ぶりは」

「あなた以外は誰も退屈しなかったわ、私なんか手に汗を握っていたわ」

「ほんとに汗ばんでいた。驚いたよ」

顔を覗《のぞ》き込んできたが、隆子は反応を示さずに歩道を歩いていた。

「『花の木』に行こうよ。車は、あっちだよ」

フランス料理を食べようと信彦は誘うのだったが、隆子はちらと腕時計をみて、

「駄目。これからすぐシネマ梅田へ行かなきゃ。五分しかないもの」

と云い、向う側へどんどん歩いて行く。

「飲まず喰《く》わずでかい？」

「そうよ」

「驚いたなあ。君、あの映画は試写で見たんじゃないのかい、姉さんと」

「試写と封切日じゃ違うわよ」

「観客席の反応なら、今ので充分じゃないか」

「デザインがすっかり違うんですからね、同じ反応があるとは考えられないでしょ」

「君は、おなか空《す》かない？」

「ロビーでサンドイッチを売ってるわ。それとコカコーラで我慢しましょう」

「僕は嫌だよ」

「じゃ、どうぞ」

「どうぞって、どういう意味だい」

「お一人でどうぞ。私は映画を観ます」

「かなわないなあ」

シネマ梅田でホットドッグを買い、コカコーラを飲んでいる間も、信彦は不満たらたらで、

「今や仕事の鬼だね、清家隆子さんは」

「昔からよ」

「その片鱗《へんりん》はあったけどさ」

「何しろ責任が重大なんですからね」

「なんの責任さ」

隆子は呆れて信彦の顔を見た。

「なんの責任って？　私は松平先生からパルファンを預けられているのよ。これからの一年間を考えただけでも息が止まりそうだわ」

「そんなに考え詰めることはないよ」

「どういう意味？」

「やり過ぎると、しくじるからね」

「私が、しくじるって云うの？」

「そうは云ってないけどさ」

「じゃ、私がぼんやりしていればいいって云うの？　デパートのコーナーも私が出かけなきゃならないし、プレタポルテのデザインを決定するのも私の仕事なのよ。パルファンにいらっしゃるお客さまだって、先生のお留守中になおざりにはできないわ。映画のデザインはパリから先生が送って下さることにはなっているけれど、会社や演出の都合でいろいろ変えなきゃならないとき、その責任は私が持つことになっているのよ。私が一生懸命にならなくって、誰がやるっていうの？」

「そりゃ、隆子さんがやらなくちゃ、何も動きはしないけれどさ。なんだか見ていると悲壮感がみなぎってるよ」

「へんに冷やかすのはよして頂だいッ」

ベルが鳴って場内が暗くなると、二人の会話も打切られた。信彦はすぐ手を握りにきたが、隆子は別の手でその甲をいやというほどつねり上げた。

「あつッ」

「静かになさい」

「ひどいなあ」

スクリーンでは、羽田の空港が映し出され、松平ユキが乗ったのと同じエール・フランスの飛行機から、冴田絵理子が黒いスーツの衿元に華やかなジョーゼットのフリルをのぞかせながら颯爽と降り立った。

商業デザイナーという職業は、オートクーチュールとかプレタポルテ同様、日本ではまだ一般に言葉の意味とか内容が確実に把握されていないらしい。それがパルファンの目のつけどころでもあるように、映画の中の冴田絵理子も、いったい何をデザインする商売なのか、一向にはっきりしないままでラストシーンを迎えていた。

ナイロンレースに化繊のタフタを裏打ちしたスラックスをはいて、絵理子は雑然とした仕事部屋の中を歩き廻っている。サッシュと同じ色のオレンジ色のサテンをヘアバンドにしているのが仲々イキで、絵理子の右手に持ったおそろしく長い鉛筆と共にいかすスタイルであることは確実だった。だが隆子は知っている。レースのスラックスは、二日もはけばへたへたになってしまうことも、机や椅子《いす》の角にひっかけてボロボロになってしまうことも。日本中どこを探したって、あんな長い鉛筆はないことも。サテンのヘアバンドは一日すれば髪油がしみて二度と使えないことも。

「カッコイイなんてものじゃないわね」

「どれでも今すぐ着てみたいじゃない？」

「レースが、ああいう使い方できるとは知らなかったわ」

「でも高くつくわよ」

「ナイロン使ったら、どうかしら？　やれないことないな、私でも」

「それより、私は、黄色のワンピース、ぐっときちゃった。アクセサリーを三回変えて出たでしょ」

「あら、二回よ」

「三回よ、ジョーゼットのコートの下に着てたの気がつかなかったんでしょう？」

「あれがそう？　へええ、まるで違って見えたわねえ」

「こうなると、あっちも見たくなったわ」

「イブニングだって、どんな工夫があるか分らないものね」

「アイデア盗用と行く？」

「私、卒業製作の前にこの映画見ておきたかったわ」

「あら、あなたもそう思ったの？」

客席のあちこちで囁《ささや》かれている言葉を、隆子は耳そばだてて、聞いては、にんまりと笑っていた。東京中の洋裁学校に通っている生徒の数は約十万人、その人たちは例外なくこの映画を見ているのだ。

だが、隆子が北叟笑《ほくそえ》んだ理由は別にあった。洋裁学校の生徒たちは「アイデア盗用」という言葉を使っていたが、パルファンの松平ユキのデザインは、どちらの映画もいわば同じことをやっているのである。京映のシンデレラ物語はジバンシーの、そして梅田映画の商業デザイナーは、ルイ・フェローとピエール・カルダンのデザインから、松平ユキが堂々とアイデア盗用したドレスばかりである。

そんなことには、なんの不思議も不都合もなかった。パリのどこのオートクーチュールだって、モード雑誌や映画に、どんどん作品を発表しているのだし、いくら奇を衒《てら》ってみたところで人間が着るという根本的な制約は変らないのだから、誰かのデザインをちょっと盗んで、ちょっといじって、柄や色を変えてしまえば、もうそれで充分に世の中は通ってしまう。日本人はまだジバンシーをそのまんまで着こなせる自信も度胸もないのだから、パリモードは、どこかを通らなくては誰も着るわけにはいかないのだ。それは日本人のデザイナーの仕事ではないか。

だがそれは、松平ユキではなくても、例えば清家隆子にだってやれるのだ——。

隆子は、この三ヵ月の間、松平ユキと瞬時も離れずに仕事を続けてきた。その結果、映画のドレスのデザインは、フランスのモード雑誌と映画監督と女優の趣味とが最も重大な要素になることを知った。映画監督は、この場面にはこういう色がほしいと云い、ユキが即座に描いてみせるデザインに、

「絵理ちゃん、それでいいかい？」

と云《い》って、彼女のＯＫが出れば、それでＯＫになるという現場を幾度も見た。

「私、これ着たいな」

冴田絵理子が指さした奇抜なイブニングを、彼女の気に入るように仕立てたら一歩も歩けなくなったが、それで生れたのがあの立ったまま身動きもせずにカクテルを飲むシーンである。

松平ユキは、映画の打合わせが終って家に帰ると不機嫌のかたまりになって信彦にも隆子にも当り散らしたが、それは当り前だった。松平ユキの存在などは、初めからそれほど必要ではなかったのだ。

ひょっとするとオートクーチュール・パルファン自体が、松平ユキを必要としていないのかもしれなかった。

その証拠には、二つの映画を見終ってパルファンに戻ると、京映と梅田の二社からはもちろん、他の映画会社のプロデューサーから午後はずっと電話がかかりっぱなしだったという報告が待っていた。

久布白マサ子が電話を受けて、全部克明にノートしてあった。

「御苦労さま」

隆子が驚きもせず、平然として彼女の労を犒《ねぎら》ったので、マサ子は驚いたような顔をしていた。

隆子はそういうマサ子に向って笑ってみせた。ころころと喉が鳴った。松平ユキと同じ笑い声だ。このときばかりは隆子も驚いて、自分の喉を押えていた。

「清家さんには、本当に感心してしまうわ」

と、小鷹利とも子が云う。

縫製室の人々の誰の顔にも異議がない。

このところ隆子は八面六臂《はちめんろっぴ》の活躍で、デパートとの交渉、映画との打合わせ、それに店にお見えになる我儘《わがまま》なお客様の応対と、まったく眠る暇もない忙しさであった。

もう何日も高円寺の家には帰っていない。

夜はパルファンの二階の縫い子たちの合宿室に泊りこみだ。みんなが眠ってしまっても、隆子はスタンドを頭の傍《そば》に引き寄せて映画の台本と首っぴきだ。

他の映画会社から逐次衣裳《いしょう》担当の申込みがあっても、冴田絵理子とだけタイアップするのを当分の方針としていたから断るのだが、この冴田絵理子という売れっ子女優の株価は暴騰するばかりで、彼女にだけかかりきっていても注文は次から次に来る。

台本は出来てくるとすぐに航空速達便でパリに送るのだけど、松平ユキはもうすっかり昔そのままのパリの生活に神経が弛緩《しかん》してしまったのか、折り返してデザイン急送タノムと幾度電報を打っても、それが間に合わない場合が多いのだ。

そこでカルダンやジバンシーが引き出され、絵理子向き、映画のシーン向きにフリルをとったりスカートをひろげたり、いろいろ工夫して急場をしのぐことになるのであった。隆子も一生懸命だったが、周囲もそういう隆子にすっかり満足しているらしく、

「松平さんも、いいお弟子さんを持ったわよね」

などと、冴田絵理子が撈《ねぎら》うように云ってくれる。

実際、不眠と極度の緊張続きで、隆子の目は吊上《つりあ》がってきていた。西竹デパートのプレタポルテも出足は上々で、その注文も多く、ここのところパルファンの縫製室は夜になってもミシンの音の聞こえないときはない。近づく秋にはプレタポルテのファッション・ショーをやろうという計画が、西竹デパートと化繊の会社から同時に出て、隆子は勿論《もちろん》それも引き受けるつもりだ。

「人間を殖《ふ》やさないことには追いつかないわね」

小鷹利おばさんに相談すると肯《うなず》いて、

「もう今だって極限状態よ、清家さん。あなたが血眼になっているから私たちも巻き込まれているので、これで誰かが倒れでもしたら、それきり将棋倒しでみんないかれちゃうでしょ」

と云う。

隆子ばかりでなく縫製室全体が過労なのだった。

「信彦さん」

紅《あか》い部屋のカーテンを開けながら、隆子は信彦を呼んだ。ユキが出立して以来、隆子の方から彼に話しかけたのはこれが初めてである。羽田に送りに行ってから、もう三週間がたっていた。

「食事にでも出ようか」

彼はすぐに応じてきた。パルファンの中で彼だけが暇で、退屈しているのだ。

「そんな暇があったら、千鳥がけでも手伝わなきゃならないわ。縫製室は人手不足で大変なのよ」

「ああ、さいですか」

「他人事《ひとごと》のように云わないで。それより、縫い子を殖やすことをパリに云ったんだけど、お返事がないの。でもアルバイトでも人を殖やさなければどうすることもできないわ。プレタポルテを西竹デパートの縫製工場に渡すことはいろいろな意味で不可能なのだから」

「殖やしたらいいでしょう？　そういう采配《さいはい》は君に任されている筈《はず》だよ」

「ええ。だから、あなたに御相談なの。そろそろお給料日も迫っているし」

「うん。僕の方もそろそろピンチなんだ。云おうと思ってたところなんだ」

「云おうと思ってた、なんて……？　会計係はあなたなんでしょう？」

「ええ？」

信彦は意外なことをきいたという表情で、

「誰がそんなことを云ったの？」

と訊《き》き返してきた。

ドキン、と隆子の胸の中で大きな音がした。

「松平先生よ」

「姉さんが？」

「そうよ。松平先生は経理の一切は信彦が分っているからと仰言《おつしや》ったわ」

「冗談じゃないよ」

信彦は大声を出したが、次の瞬間二人ともぎょっとして顔を見合わしていた。

「本当？」

「本当に姉さんがそう云ったのかい？　僕は君が全部任されていたと思っていたよ」

「私は、あなたから聞いていたこの家が担保になっているかどうかってことも先生からははっきりした返事がもらえなかったのよ」

「訊いたの？」

「うん」

「そうしたら？」

「お笑いになって、これだけ景気のいいパルファンで何を心配しているのって仰言ったわ」

「じゃ家の登記書も預かってないのか」

「そうよ」

「畜生！」

信彦の白い額に青い筋が浮び、頰《ほお》に赤い色が走った。美しい歯で唇を嚙《か》みしめている。

「僕に姉さんが何を云い置いて行ったか、云おうか！」

「………」

「清家さんが万事心得ているから、今まで通りにして暮していらっしゃい。お小遣いが足りなくなったら、清家さんに云えばいいわ。あのひとにはたっぷり渡してありますからね」

「ウソ！」

隆子は叫んだ。耳を疑いたいくらいだった。が、同時に、出立前の忙しさの中で、松平ユキは隆子のどんな質問にも言を左右にして碌《ろく》に答えていないのを思い出した。

「私は何も預かっていないわ。ただ映画やデパートに先生のお伴《とも》で顔つなぎをさせて貰《もら》ったただけよ。経済的なことは何も聞いてないわ」

「一文も預かってない？」

「ええ、一文も」

「畜生！　またやりやがったんだ」

「またですって？」

「姉さんの悪いくせさ。工合が悪くなるとパリへ行っちまうんだ。国外逃亡さ」

「相島さんと同じね」

「あいつが、またそそのかしたんだ」

信彦の神経質な顔立ちは、ひきつったように歪《ゆが》み、唇がわなわな震えている。その興奮のし方を眺めていると隆子の方はすぐ平静に戻ることができた。

「当面どうしたらいいかしら。給料日は明後日《あさって》よ」

「小鷹利に相談するといい」

「いやだわ」

隆子はきっぱり云い放って信彦を驚かせた。

「どうして。あの人が一番古参だし、いい知恵を持ってるかもしれないよ。年の功ってものもあるだろうから」

「いやだわ。私がやるわよ」

「大した自信だね」

「そうよ」

隆子は昂然《こうぜん》として信彦を見上げた。

「この三週間のパルファンは、完全に私が中心になって動いているわ。これからだってそうでしょう。松平先生が仰言った通りだわ。これだけの景気なんですもの、困る筈があるものですか！」

だが、隆子が知っているのは、自分の給料だけで、他の誰がいくらの月給を受取っていたかということになると皆目分らない。信彦に訊いても、

「知らないなあ」

という返事だった。

「ちょっと信彦さん、立会って頂だい」

「どうするんだ」

「先生のお机を整理するのよ」

「うん、それがいいな。案外どっかの抽出《ひきだ》しから金が出て来るかも分らない」

信彦は癇《かん》を立てて宙を睨《にら》んでいたかと思うと、急にまた、こんな暢気《のんき》なことを云ったりする。まったく物の用に立たない男だと、隆子は腹立たしかったが、怒る余裕もなかった。

白と淡いグリーンで統一された松平ユキの居間は、いつもと少しも変らず静まっていた。掃除も行届いていたし、机の上のペンやインク壺の位置まで、三週間前と同じだっ

た。

隆子は、まず電話の手前にある人名簿をパラパラと繰ってみてから、そこに別のメモのないのを確かめると、一番上の抽出しに手をかけた。

薄いパラフィン紙が幾枚も納まっていた。見覚えのある松平ユキのデッサンばかりだった。夥《おびただ》しい枚数を、隆子は一枚一枚注意深く見ていった。どこかに何かのメモがあるかもしれないし、それに新奇なデザインに追われてみると、どれかが役立つのではないかという気もして、出納簿《すいとうぼ》がなくても、なんでも役に立つものなら見ておきたいという気持だった。

信彦の方では、そういう隆子にいらいらしてきて、自分でも他の抽出しを引き抜いて机の上に置き、がさがさと探し出した。

「何をして、おいでだえ?」

突然、二人のすぐ傍で、老婆《ろうば》の声がした。パルファンの中で、掃除をしたり、まずい食事を作ったりして働いている人であった。松平ユキの母親だと云う人もあったが、一向に母親らしい扱いは受けていないので、隆子などはずっと前からパルファンの使用人のつもりで自分より一段低く見做《みな》していた。隆子が初めてパルファンに来た日、縫い子さんの入口は裏ですよ、と云った、あの老婆である。背が低く、腰が少し曲っていたが、台所仕事などは実に手まめで、てきぱきとやっていた。

信彦が答えた。

「出納帳を探してるんだよ。姉さんが経理のことを何も云ってくれなかったんでね。誰にいくら払ったらいいのか分らないんだ」

老婆の目から意地の悪い光が走り出して、机の上に散乱している紙片の山を見ていたが、やがてこともなげに云ったものだ。

「それなら、私が持ってますよ」

「え？」

驚いたのは隆子だけではなかった。信彦も一瞬、茫然《ぼうぜん》として老婆を眺めていた。なんという意外なことだったろう。彼女は台所の隣にある女中部屋同然の彼女の部屋から、中判の大学ノートを手にすると戻ってきた。

「月給なら、ここに書いてありますよ」

それは、驚くべき会計簿であった。ノートは横罫《よこけい》だったが、それを横にして、つまり総《すべ》てのメモは、昔の大福帳さながら縦書きだったのである。

小鷹利とも子　四万二千円
久世寿子　三万八千円
大河内聖子　三万四千円
小式部クミ　三万八千円

……………………　……………………

……………………　……………………

……………………　……………………

一番最後のところに清家隆子の名と金額が書かれ、小式部クミの一行は赤線がまっ直《す》ぐにひかれてあり、同じ赤線で隆子の給料も前の分が消されて二度に渡って書き直しになっていた。

「ざっと四十万円はいるんだわね、この二十五日までに」

縫製室全員の月給を目算してから、隆子がそう云うと、

「僕の名前は出てないな」

信彦がパラパラと慌ただしく頁《ページ》を繰りながら云った。

「どこにも書いてありませんよ」

と、老婆は憎々しげに云って、ノートを両手で押えた。

「そんな筈はないよ。毎月七万円ずつ貰ってたんだ。姉さんは月給だと云ってたよ。もちろんそれだけじゃ足りなかったけどさ」

「知りませんね、私は」

「清家さん」

信彦は、隆子に向うと必死の口調になって、

「本当に貰ってたんだ、七万円ずつだよ。本当だよ。二十五日の支払いには、僕の方も忘れないでおくれよ」

　と云った。

「お婆《ばあ》さん、その出納帳をしばらく私に貸して下さらない？」

　隆子は信彦の相手にならずに云うと、相手はもうノートを胸へ抱きしめてしまって、

「なぜだね。ユキ子だって一度だって見せろとは云わなかったのに、どうしてあんたに見せなきゃならないのさ」

　と、露骨な敵意を見せる。

「だってお婆さん、みせて貰わなきゃ、あなたの月給だって払わなきゃならないじゃないの。家の中の必要経費ってものも、お渡ししなくちゃならないでしょう？」

「月給だって？」

　老婆は皺《しわ》だらけの顔に似合わない甲高い声をあげた。

「おかしなことを云うじゃないか。どこの世界で子供が親に月給を払うものかね。私はね、ユキ子の世話こそしていても、ユキ子に養われちゃいませんのさ」

「それじゃ、あなたに財産がおありになるってわけ？」

「当り前ですよ」

「松平家の御扶持米《ごふちまい》かい？」

こんな口を入れたのは、云うまでもなく信彦だったが、老婆は彼をじろりと見上げたきりものも云わなかった。

そのとき机の上の電話が、けたたましく鳴り出した。

「ハイ、パルファンでございます」

「清家さんだね。どうです、元気でやってますか？」

その声は、相島昌平だった。

「何もかも驚くことばっかりよ。忙しくさえなかったら、私はぼんやりと口を開けたままでいたでしょうね」

やけのように云って、隆子は赤い葡萄酒を水のようにぐいぐい飲んだ。赤い葡萄酒は甘いものとばかり思っていたのに、フランス製のボルドウ酒は、白葡萄酒よりコクがあるが甘味は少しもなく、唇に渋味が残る。

相島昌平と、清家隆子は、田村町の「ジョルジュ」で、テーブルを挟み向いあって腰をおろしていた。相島の前の皿にはビーフ・ストログナフが、隆子は犢《こうし》のメダイヨンを食べている。仕事が一段落してからパルファンを出て来たので、いつか松平ユキのお伴で音楽会のあと三人で此処《ここ》に来たときと同じくらいの時刻になっていた。辺りの客の数は、あのときと同じように決して多くはなかった。

「それは気の毒だな。そんなにユキは放ったらかしで行ってしまったのか」

「放ったらかしもいいところよ。おまけに家の中は奇々怪々だわ。松平先生のお母さまというお方が、しっかりと大学ノートを掴《つか》んで離さないし、信彦さんはまるで能なしで。ねえ相島さん、松平先生と信彦さんは本当の姉弟なんですか？」

「そりゃ姉弟だろう？　本人たちがそう云っているんだから」

「でも、松平先生のお母さまは、信彦さんの親ではないんですって。私の目の前で、はっきりそう云いましたよ」

「なるほど、それじゃ腹違いなんだな」

「無責任な相槌《あいづち》を打たないで下さいな、相島さん。何もかも知っているくせに」

「いやあ、僕は何も知らんよ。それに僕は他人の私生活には興味のない方でね」

「私は相島さんが日本にいらしたことにも驚いてますわ。てっきりパリで、松平先生と楽しくやっていらっしゃるものとばかり思っていたわ」

「行くつもりだったのだがね、商売の方が忙しくなったものだから、行けなくなってしまったんだよ」

「商売？」

「ああ。おかげさまで大繁昌《だいはんじょう》でね」

「相島画廊がですか？」

「そうだよ。どうしてそんな不思議そうな顔をしているんだ」

相島昌平は楽しそうな顔をして大きな口をあけ、三片ほどの肉片を一ぺんに中へ押し込んだ。よほど柔かく煮てあるのか、ほんのちょっともぐもぐ噛んだだけで嚥下《えんか》してしまうと、また隆子の表情を面白そうに眺めている。

「だって……」

「どうしたね」

「私、週刊誌みたんですよ」

「ああ贋作《がんさく》事件かい？」

「ええ。私の頂いたビュッフェは……」

「あれは君、本物だよ」

大きな声で、真面目臭《まじめくさ》って云ったが、目の奥はチラチラ笑っている。

「もう、いや。分らないから大嫌いだわ、大人の世界は」

隆子は投げ捨てるように云った。本心からだった。

松平ユキの母親は、やはり隆子たちと同じようにユキから一文の金も預かっていないと云い張るのであったし、ともかく目前に迫る月給日には、縫製室の縫い子たち一同の月給と、お婆さんに渡す光熱費と縫い子たちの食費と、しめて五十万円というものはど

うしても作り出さなければならないのだが、デパートのプレタポルテの係に電話してみると、

「それは前金で松平先生に差し上げてありますよ。お帰りになってから清算するということで、とりあえず三百万円お渡ししました。受取りをお見せしましょうか」

という返事だったのである。

映画会社の方も、プロデューサーは意外だという口調で、

「試写の前にお渡しするのは異例だったんですがねえ、差し上げましたよ、直接。もちろん受取りはあります。次の作品？　それは今から無理ですよ。まだクランクインしてないんですからね」

と答えた。

それなら小口を掻《か》き集めるより仕方がないと思い、顧客の中で比較的隆子が覚え芽出《めで》たい戸田夫人や榊原《さかきばら》家へ電話をして、

「まことに勝手でございますが、お勘定はいつ頂きに伺ったらよろしゅうございましょうか」

と訊くことにした。請求伝票は松平ユキが自身で切り、月末には方々へ発送していたのを隆子も手伝ったことがあるから知っていたのだった。

だが返事は、戸田夫人自身の口から、

「まあ会計をしっかりして頂かないと困りますね。先々月清算したじゃありませんか」

激しい叱責《しっせき》の口調できかされなければならなかった。

「いったい経理状態はどうなってたんだか、皆目分らないんです。電話代の請求書はもう届いているし、布地屋からも今月末は年度末だから支払って頂きたい、とこうでしょ。パルファンは大発展だと信じて疑わなかったのに、頭にきちゃったわ」

「君のような可愛い人が頭にきたのでは困るねえ」

「相島さん。こういうとき、どうやったらいいんでしょう。信彦さんはなんの役にもたたなくて、七万円、七万円って云うんですよ。バカバカしくなって来たわ。何もこんな苦労しようと思ってパルファンを引き受けたんじゃないわ、私」

「それじゃあ、どういうつもりで引き受けたんだね」

「私、仕事ができると思ったんです。私の思惑通りに映画もヒットしたし、デパートも大乗気で、秋にはパルファンが日本のモードを独占する勢だというのに、そこまで来て一文無しじゃ、何も回転しやしません。縫い子だって殖やさなきゃならないし、布地もどんどん仕入れなきゃならないときに、肝心の資金が一文も無いなんて」

「いくらいるんだね?」

その質問には、隆子を素直にさせないような押しつけがましい口調があった。

「相島さんが出して下さるっていうんですか?」

「そうだよ」

「だって相島さんは」

「むやみと景気がいいからね、まあ百万円ほどなら、今でも出してあげるよ」

彼はこともなげに云い、背広の内ポケットから封筒を出すと、一万円札の束に十文字の封印をかけたのをちらと覗《のぞ》かせ、

「恰度《ちょうど》、ある。これを渡しておこう」

と、隆子の前に置いた。

「相島さん」

「うん?」

「貸して頂けるんですのね」

「ああ、使いたまえ」

「どういう条件ですか?」

「なにが?」

「拝借するについての条件ですわ」

相島は苦笑して、

「君、僕は金貸しを業としているわけじゃないからね、条件なんかつけないよ。君がいるというから、あげるまでだ」

「でも、あんまり無造作で、妙な気がするわ。百万円って、大金ですもの」

「個人には大金でも、事業の為《ため》にはそれほど大きな金額じゃないよ」

この云い方で、ようやく隆子の気持はほぐれて来た。

「拝借します。有難う。映画の方のお金が入って、ちゃんと回転し始めたらお返しします」

「恐れ入ります。お堅いことで」

「相島さん」

「うん？」

「これ偽札じゃないでしょうね」

隆子の悪戯《いたずら》っぽい目を見て、相島は吹き出し、それで二人は声をあわせて笑い出した。

「そこまでは僕も手が廻《まわ》らないよ。確かに商売は偽物造りだが」

「まあ、まだやってらっしゃるんですか」

「まだとは恐れ入ったね。僕の商売は君、模写だよ」

「模写？」

相島は肯き、ついでにナプキンで口を拭《ふ》いてボーイに皿を下げるように合図をした。

「偽物を本物と云って売ると犯罪になるが、偽物ですよとはっきり云うと、前より注文の数が殖えるんだな。流石《さすが》の僕もこれには驚いたね。一流の会社が、新築したビルに飾るのだといって、二十点も三十点も大口に注文してくる」

「………」

「まあ巧芸品だな。ただ週刊誌が書き立ててくれたおかげで、相島のものなら一番本物に近いという信用がついたらしい。妙なものだ。僕の方も人間が足らんようになってね、最近は芸大の画学生を大勢アルバイトに使うようになった。模写というのは、基礎的な勉強の一つだからね」

「………」

「僕もよくやったよ。ユトリロ、ゴーギャン、レムブラント、手当り次第にやったな。しかし、あの頃はそれが商売になるとは思わなかったよ」

酔っているのだろうかと、隆子が危ぶむほど、相島はペラペラと喋《しゃべ》り続けた。

「相島さん。お金を頂いて直ぐでは悪いけど、もう遅いから帰りましょう」

「うむ。君は何処《どこ》へ帰る？」

「パルファンへ帰ります。ずっと泊り込みなんです」

「それは恰度いい」

勘定を払って外に出た。相島の車は変っていて、ＭＧの乗用車であった。

「前の車は？」

「売ったよ。お姫《ひい》さまがお気に召さないというからね」

新しい車は快適な走り心地だった。しかし車は霞町の方には向わずに、高輪《たかなわ》の方に走っていた。二人とも口をきかなかった。

車がついたのは伊皿子《いさらご》の高級アパートの前であった。

「何処ですか、ここは？」

「僕の部屋でブランデーを飲まないか？　一九〇四年というのを手に入れたんだ」

隆子の返事もきかずに、相島はさっさと玄関に入り、自動式のエレベーターのドアを開けると隆子の方を振り返った。

隆子は、黙って小さな箱の中におさまった。エレベーターは閉り、相島の押したボタン通り、六階でひそやかな音をたてながらドアを開いた。

六〇四号室の前で、相島は鍵《キイ》を出し、ドアをあけると、また隆子を振り返った。

隆子は、そんな相島に一瞥《いちべつ》も与えず、まるで自分の部屋に入るようにさっさと部屋の中に入って行った。

ポッ、ポッと音をたてて、あちこちの蛍光灯が点《とも》り、部屋は明るくなった。

広い部屋であった。二十畳あまりの広さではなかったろうか。一部屋で、奥に大きなダブルベッドが一つ、通いの家政婦でも来るのか整然とセピア色のベッドカバーをかけてあったが、こちら側は、旧式の応接セットの向うに、画架が幾つも立ち、描きかけのキャンバスが雑然と積み重ねられている。

隆子は黙ってそれらを眺めていた。

なんの感想もなかった。

キチネットで、何かコトコト音をたてていた相島は、片手にブランデーグラス二つと、片手にナポレオンの大瓶を下げて戻って来ると、

「さ、乾杯しよう」

と云いながら、隆子に一つカップを渡し、トクトクと音をたててブランデーを注いだ。

「まあ、いい匂《にお》い」

まろやかな、しかもゴージャスな夢に誘いこむような酒の香りであった。

隆子はソファに腰を下ろすと、目を瞑《つぶ》っていつまでも匂いをかいでいた。匂いだけでもこれだけ陶然となれるのなら、飲んで、酔えばどれほどの味わいだろう。

肩に、相島の手がかかるのをまるで合図にしたように、隆子はタンブラーを傾けて大きく一口飲み下した。強い酒とは思われない柔かな舌ざわりだったが、食道を走る液体が自覚できた。

「おいしい……」

隆子は、目をあけると、すぐ傍にあった相島の顔に艶然《えんぜん》と笑ってみせた。

「強いんだね」

「うん。でも、このお酒は酔いそうだわ」

二人は、互いにさりげなく目の中で笑い交わしながら唇を重ねた。

何もかもうまく行っている。

隆子はそう信じていた。オートクーチュール・パルファンの客は、松平ユキの頃から較べると半年の間に倍も殖えた。映画の宣伝がきいて、女優たちが我も我もと押しよせるようになったし、お金持のお嬢さんたちも競って高価なものを注文しに来る。

オートクーチュールのたてまえとして、隆子はそれらの客は必ず自分で応対し、注文をさばいた。ジバンシーや、サン・ローランなどのデザインを頭の隅に押し込んでおけば、そのバリエーションだけで結構彼女たちの注文にいくつだって応じられるのである。

布地は輸入品をいくらたっぷり使っても限度があるので、毛皮や宝石をあしらってパルファン調をつくりあげたのは隆子のアイデアであった。その結果、夏の薄いジョーゼットのワンピースにも、どこかにミンクのトリミングをするというようなチグハグなデザインも生れたが、それは斬新《ざんしん》と呼ばれて歓迎された。

裁断台の上で、隆子は久世寿子の前でも懼《おそ》れず、大胆に高価な布を断った。ハサミが、強い意志を持ってザキザキと布を切る。それは快いほど思いきったやり方だった。

縫製室の連中は、若く後輩でもある隆子のやり方に感嘆しているのか、誰も彼女のやり方に逆らう者はなかった。プレタポルテも大量注文があり、縫い子たちは忙殺されていて、隆子を批判する暇もないというのが実情だったかもしれない。

もう一つ、縫製室の連中が不平を云わない原因があった。隆子は仕事をふやしたかわりに、縫い子たちの待遇を五〇パーセントも上げたのである。二万円もらっていた子は三万円になり、四万円もらっていた人は六万円になった。仕事に応じて人間を殖やすのはおいそれとできなかったので、こういう思いきったことをしたのだったが、いくら忙しくなってもその分だけ月給が上がれば、人が殖えて月給が上がらないのよりいいと誰もが考えたのだ。縫い子といっても、すぐ役に立つような腕のいい人は、仲々見つからないので、実はこうするよりなかったのだが、隆子のやり方は功を奏していた。

松平信彦も、かなり忙しくなっていた。

お客さまが前よりたてこむようになったので、仮縫待ちや新しいデザインを考えるのには松平ユキの居間をそのまま使うことにしたが、隆子たちが先客にかかりきりになっている間は信彦が相手をすることになったからである。

美男で社交性のある信彦は、映画や音楽やゴルフなどのスポーツまで話題も豊富だったし、例の得意の軽口は、ちょっと気取った言葉づかいをあらためると、ひどく瀟洒《しょうしゃ》な口ぶりになって有閑令嬢たちにも、人生に対してあまり肚《はら》のすわっていない若い女優たちの間でも大層評判がよかった。帰りがけにはブラシをかけてくれ、コートを着せかけてくれる信彦を誰も本気で愛する対象とは考えなかったようだが、誰しもこの程度の美男ならステッキボーイには最適で、どのパーティーに連れていっても素敵に目立つだろうと考えた。売出し中の女優などは、スワ恋人……とジャーナリストたちをヤキモキさせるのに恰度いい相手だといたずらっけ半分で考える者もいたのである。彼女たちは懼れることなく信彦にデートを申込んだ。

だから信彦も忙しい。

夕方からは、きまって出かけて行き、夜更けて門にクライスラーの音がするのは二時、三時になることがあった。

「信彦さん、あんまり派手にやらないで頂だいね」

目に余って隆子が文句を云うことがある。

信彦は、舌なめずりをするときのような艶《なま》めかしい目をして、隆子の心を覗くように見詰め返してから、徐《おもむ》ろに反問した。

「なんのことだい？」

「パルファンはプレイボーイを看板にしてはいないってことよ。あなたのやっていることが評判にでもなったら、お店が蒙《こうむ》る影響力は大だわ」

「僕が何をやっているって云うんだい？」

「私に云われたら困るんじゃないの」

「人に云われて困るようなことは僕は何もやっていませんよ」

「そう。じゃあ云いますけど信彦さん、毎晩毎晩相手を代えてデートをして、夜は二時過ぎに帰ってくるというのは、風紀上からも私には許せないのよ」

「風紀だって？」

信彦は意外なことをきいたという表情を大仰にしてみせてから、声をたてて笑い出した。

「清家さんが風紀を問題にするかと思うとおかしいなあ」

「笑うのはやめて頂だい。何がおかしいって云うの？」

「おかしいよ、そうじゃないか。相島とのことを僕が知らないとでも思っているのかい」

「なんのこと？」

隆子の顔はひきつっていたのかもしれない。瞬《まばた》きもせずに向き直っている隆子をみて、信彦もちょっと息を呑《の》んでいるようだ。

「ちょっと云いすぎた。ご免なさい」

「相島さんからは借金しているわ。あの場合、それより仕方がなかったじゃありませんか。でも、あの百万円は来月になったら返すつもりよ」

隆子はつとめて平静にこう云っていた。そうなのだ、借りは借りなのだ。明日にでも相島に返してやろう。それでなくては、信彦にも大きな顔はできないと思った。

「信彦さん」

「うん」

「あなたは私が相島さんから返さなくてもいいお金を借りてきたと思っているのね。それは誤解もはなはだしいわよ」

「分ったよ。すまない。ちょっとカマをかけただけなんだ」

「カマを……？」

危いところだったと内心では胸をなで下ろしながら、まだまだ油断はできない。

「信彦さん」

「うん？」

「さっきの話が終ったわけじゃないわよ。若いお客さまたちに猪介《ちょっかい》出すのは慎しんで下さいね」

「慎しまないよ」

「…………」

信彦は、薄い唇をひき結んで、彼には珍しい毅然《きぜん》とした態度を示していた。

「面白くてやっているわけじゃない。遊ぶ金は誘った相手が払うから要らないようなものの、儲《もう》かるわけでもないのだからね」

「まあ……」

「面白くもない。儲からない。それで毎晩出かける理由はなんだと思う？　この家にいたって面白くないからさ。詰まらなくって、いらいらしているから好きでもない相手でも、時間潰《つぶ》しにはいいと思って出て行くんだ」

「この家にいて、どうして面白くないの？　少なくともあなたは生活は前と変っていない筈だと思うけど」

「前には姉さんがいたよ。夜なんか、どちらかが眠れないときは必ずどちらかが相手になって、話したり音楽をきいたりしていた。仲のいい姉弟だったからね」

「………」

「姉さんから手紙が来た？」

「いいえ。週に一度は報告をかねて出しているんだけど」

「僕にも梨《なし》のつぶてさ」

「先生は、なんと思っていらっしゃるのかしら、信彦さんのこと」

「いい結婚相手が見つからないかと思っているよ。そろそろ僕が邪魔になって来たんだろう。淋《さび》しいときだけ慰めあっても、仕事にかかれば姉さんには僕を構う気がなくなるからさ」

「じゃ、早く相手を見つけて結婚すればいい」

「相手なら、もう見つけているよ。ところがその人も姉さんと同じ仕事の鬼だ」

「誰のこと？」

「清家さんのことさ」

「御冗談でしょ」

隆子は鼻の先で笑って云った。この話は冗談にして、もう会話を打切りたかった。

「逃げないで！」

信彦は、しかし鋭く云い放った。

「清家さん、真剣に云ってるんだ。僕と結婚して下さい」

「困るわ、そんな話」

「どうして。もうずっと前から、僕は同じことを云い続けて来ているのに、清家さんは真面目に相手をしてくれないんだ！」

「あなたが本気だとは思えないからよ」

「どうして？」

「仮に、あなたが本気だったとしても、やっぱり私はお返事しないわね」

「どうして？」

「だって、それどころじゃないってこと、あなたには分らないの？　パルファンは今、決戦のときを迎えているのよ。この時期を切抜けて、松平先生が帰っていらっしゃるまで私は責任上も迂闊《うかつ》にはあなたにお返事することはできないわ」

「姉さんが帰ったら結婚してくれる？」

「それはそのときになってみなければ分らないわよ」

「姉さんの意見で清家さんは気持が左右されるのか」

「そりゃそうでしょう」

「ふうん」

隆子は生返事でその場をごまかすつもりだったが、信彦は相変らずしつこかった。

「それじゃ僕、すぐ手紙を書くよ」

「手紙を、何処へ？」

「パリにさ」

「まあ」

「僕は清家さんにいい加減にあしらわれて悩んでいるが、清家さんは姉さんの意見で返事をきめると云っている。姉さんは僕たちの結婚を祝福してくれるかどうか」

隆子は肚のそこでは信彦をバカにしているところがあるのだったが、これには少なからず慌てさせられた。

「待ってよ、そんな。無茶だわ」

「どうして。真剣に云っているのに相手にしてもらえなければ姉さんにすがるより仕方がないじゃないか」

「そういう男らしくない人、嫌いだわ」

「じゃ、どうしたらいいんだ、僕は」

「自分のことは自分で始末すればいいわ。自分だけでは何んにもできないなんて、男として情ないじゃないの」

「矛盾しているよ、そんな云い方。一人で申込めば、姉さんが帰ってからと云ったのは、君が先じゃないか。清家さんこそ自分一人では返事が出来ないなんて云っているんだよ。君が僕と結婚するかしないか、自分一人ではきめられないという方がおかしいよ」

「だって私には仕事が……」

云いかけて、はっと気がついて隆子は次の言葉を呑込んだ。笑い出した。

「信彦さんったら、まるで子供みたいね。ともかく、その話は、いつか近いうちにゆっくりお話しましょうよ。ね？　私も、あらためて、その気で考えてみるわ」

「今夜は……？」

「西竹デパートの人たちと八時からお食事の約束があるの。二、三日したら、必ず時間をとるわ。たしかに私も、私一人で考えを決めるべきときだと思っているわ」

「それじゃ……」

「ええ」

隆子は、まるで年上の女のように艶然と信彦に笑いかけ、ゆっくり肯いてみせた。

その日、一日の仕事が終ると、久しぶりで隆子は自分の家に帰った。ずっとパルファンに泊り込みでいて、しかも夜更けてだしぬけに戻ったものだから、隆子の母は驚いて、

「まあ、どうしたの？」

と訊いたものだ。

「どうしたのって挨拶《あいさつ》はないでしょ。娘が帰って来たというのに」

「本当に久しぶりねえ。雑誌にどんどんパルファンの名前が出てきたから、忙しいんだろうと思っていたのよ」

「忙しいなんて、お母さんには想像もできないわよ。芯《しん》まで疲れきっているわ。今はただもう眠りたい一心」

「そうでしょうねえ」

手伝って床をとってくれ、掛布団の端を叩《たた》いて、

「おやすみ」

「朝は九時に起してね」

「あら、また出て行くの？」

「そうよ」

「大変ねえ」

親は娘の忙しいのを出世だと思って単純に喜んでいるだけだ。隆子がどんな状況の中にいるのか、判断する資料がない。

隆子は久々で、自分の懐しい布団の中で躰《からだ》を伸ばしながら、しかしすぐには寝つかれなかった。昼間の、信彦との対話が思い返される。

「私には仕事が……」

云いかけて慌てて次の言葉を呑込んだ。

全く危いところだった。あのとき気がついてよかったと思う。

私の仕事。

パルファンにおける隆子の仕事について、隆子は今、ゆっくり一人で考えたかった。この仕事は、まだほんの緒についたばかりだ。やり始めたところで、私は続けなければならない。松平ユキの居ないパルファンは、私のものだ。

ところで、松平信彦とパルファン、パルファンと隆子という三点に線をひいて考えてみると、信彦と隆子の関係はどういうことになるか。

信彦だけを考えた場合、彼は美男という以外なんの取柄もない。生活力がないのがまず致命的で、パルファンのペイジボーイというだけでは、女がどうして本気で結婚など考えられるだろう。姉に寄食している若者は、それだけでも男性失格ではないか。

だが、万一、隆子がはっきり信彦の申込みを拒絶したらどうだろう。信彦は松平ユキの弟なのだから、信彦が傷つけばユキも傷つく。時には弟に冷淡になる姉でも、弟子が弟を軽んじるのは好まないことを、隆子もこれまでのパルファンでの生活で知っていた。信彦を拒めば、ようやくスタートしたばかりの新しいパルファンをも拒まなければならない。では、信彦と結婚するか？

「とんでもないわ」

隆子はつぶやいていた。

では、どうすればいいのか。

眠りに陥る前、隆子には結論が出ていた。

「私が大人になっていさえすれば、なんでもないことなのだわ」

それは、パルファンが完全に自分のものになる日まででいい。「大人」になっていることにきめると、そのまま隆子は安らかな寝息をたて始めた。開け放した窓から、夏の夜風が部屋の中に流れ込んでいた。

秋のシーズンには、西竹デパートと東洋繊維ＫＫが後援で、パルファンの盛大なファッション・ショーを開くはこびになりました。先生から少しもおたよりがないのが不安で心配でなりませんけれど、それについて先生の御意見をおきかせ下さいませんか。在パリ、松平ユキの作品として、少なくとも数点のドレスは出して頂きたく思いますので、おそくとも九月二週までにデザインをお送り下さい。お願い申上げます。

早いもので、先生がおたちになってから、そろそろ半年になります。その間、私はただもう忙しく過しました。でも、おかげ様で映画の方もプレタポルテも好調で、次々とお仕事があり、お店のお客さまも殖えて、縫製室は忙しさの余り悲鳴をあげています。人間は早急に殖やすことも出来ませんので、私の一存で全員に特別手当てを支給するように致しましたので、一日十二時間から十五時間の労働になっても、やめると云い出す人はありません。

先生が、できるだけパリにおいでになって、できるだけ多くのものを吸収してお帰りになれますように。日本のことは御心配なく、一同頑ばっておりますから。

週一度の松平ユキ宛《あて》のレポートを書上げると、隆子は封をし、パリの住所を書入れてからハンドバッグにしまった。そのとき、バッグの底の紙包みをまた確かめてから、隆子は縫製室に顔を出し、

「ちょっと、出かけますから」

と断りを云った。こんなことはしたことがないのだけれども、今日はどうも人に出か

ける目的を尋ねられてみたいという衝動があった。

果して、小鷹利とも子が、

「こんなに晩《おそ》く？」

うさん臭そうな顔をあげた。もう、夜は九時を過ぎていたのだ。

「すぐ帰ってくるわ。借金を返しに行くのよ」

「まあ借金を」

「そう」

隆子は朗らかに肯いてみせた。

「私が借金して皆さんの給料を支払っていたの、知らなかったでしょう？」

「ちっとも気がつかなかったわ。大金？」

「大金よ。それが、半年でやっとやりくりがついたってわけ。苦労をしたわ」

ハンドバッグを上から叩いてみせ、

「では行ってまいります」

隆子は気取って颯爽《さつそう》と階段を降り、外へ出た。

相島昌平から金を借りたときは、持って帰る道も、パルファンに着いてからも、少しも気持が安まらず、銀行預金をするまで大金を誰かに狙《ねら》われているのではないかと怖《おそ》ろしかったが、以来、にわかに大きな金の出し入れを扱うようになって、隆子は金銭に対しても次第に大胆になっていた。百万円入ったハンドバッグをブラブラさせながら、隆子は霞町の電車通りまで歩き、途中でタクシーを拾って、行先を告げた。

「伊皿子へやって頂だい」

冷房のきいたアパートでは、相島昌平が待ちかねていた。傍へ寄ってキスをすると、プンとブランデーの匂いがした。

「いい匂い」

「食事は？　外へ出ようか」

「そうね、イタリヤ料理で軽く食べてみたい感じ」

そんなことを云いながらも二人は抱きあったままで、相島の唇は隆子の顔からすべって首や喉《のど》を吸い、手は隆子の躰をまさぐっている。

「ああ」

隆子は小さな叫び声をあげると、それで我に返って、

「今日はね、ちょっと話があるのよ」

相島から躰を離しながら云った。

「なんだね」

「ウフン」

隆子はソファに腰を下ろし、ハンドバッグの口を開けた。

「お金を、返しに来たの」

「ほほう」

「お借りしたの、そっくりよ」

「ほう」

「はいッ」

紙包みを開いて、銀行のテープで固くしばった一万円札の束を出してみせたが、相島は片目をすがめて見ているばかりで、浮立っている隆子に調子を合わせてこないのだ。隆子はちょっと戸惑いながら、テーブルの上に置いた。

「いやだわ。どうしたの相島さん」

「驚いているんだよ」

「何を？」

「百万円という金を半年で返せるのは相当な手腕だよ。あんな金のかかる店をやっていてさ」

「そうかしら」

「そうだよ。君、いくつになるんだい？」

「ウフン」

「二十五か、六か。ユキの放り出して行ったパルファンを、間違いなく賄って、借りた金は返してさ。立派なものだな。驚いたよ。僕は、きっと途中で泣き出すだろうと思っていた」

「いきなり泣き出したじゃありませんか。だから相島さんから百万お借りしたんです」

「僕はあげたつもりだったよ。まさか返ってくるとは思わなかった」

「まさか頂くわけにはいかないわ」

「水臭いことを云うね」

「でも、利子はつけてませんよ」

「なるほど」

相島は、雰囲気をもとに戻そうとするためにか、ブランデーを注いで隆子に渡した。

「もう一つ御相談があるの」

「なんだね」

「困ったことが出来ちゃった」

酒の香気を嗅《か》ぎながら、隆子は言葉を切った。お金の話でないのだけは、その甘酸っぱい顔つきで分ったから、相島は催促しない。

「相島さん」

「うん」

「信彦さんをどう思っていらっしゃる？」

「ユキの弟だろう?」

「ええ」

「それだけしか知らないな」

「お会いになったことあるんでしょう?」

「さあ。どうだったかな」

「信彦さんが結婚したいって云うの」

「なるほど」

「困っちゃったわ。どうしたらいいのかしら」

「結婚すればいいじゃないか」

「まあ」

隆子は驚いて目をあげた。週に一度はこのアパートに泊りに来ている隆子に、他人事のようにあっさりと結婚すればいいという相島の真意は摑めなかった。隆子は相島が柄にもなく嫉妬《しっと》しているのだと誤解していた。

「相島さんでもヤキモチを焼くことがあるのね。おかしいわ」

「そうかね」

「私が結婚する筈はないじゃありませんか。本当に変なことを仰言るわ」

相島は黙ってタンブラーを口に運び、琥珀色《こはくいろ》の液体を一息で呑みほすと立上がった。

テーブルの上の金包みを無造作に取上げると、寝室の傍の机に音たててしまいこみ、それから着ていたタオルのシャツを脱いで、ワイシャツとネクタイに着替え出した。

怒っているのだわ。嫉妬しているのだわ。隆子は微笑を抑えもせずに相島の動きを見守っていた。快感と同時に、しかし不安が脳裡《のうり》をかすめた。落ち着かなくなって立上がっていた。

「相島さん、どうしたの。お出かけになるの？　私が来たばかりだっていうのに」

「『イタリヤン・ガーデン』にでも行こう」

相島はベージュ色の夏の背広を着ると、隆子に背中を見せたまま外へ出た。

六本木の、夜から明け方まで営業しているイタリヤ料理の店は、万事がイタリヤ風に手軽くできていた。テーブルクロスの大きな紅白チェックを間に挟んで向い合うと、

「キャンティ」

相島は葡萄酒を注文してから、

「君は何？」

と訊いた。

「そうね、カネローニにしようかしら」

「そんな歯ごたえのないのがいいのか。今日は全く隆子らしくないな」

相島は依然として不機嫌なのだ。

「そうかしら。どうして？」

「人の気をひくようなことを云うのは、嫌だな。手管としては実に安っぽい。幻滅だよ」

「あら、信彦さんが私にプロポーズしているのは本当なのよ」

「そんなことが僕と隆子の間で何の関係があるんだ」

「………」

「結婚したければすればいい。断るならさっさと断ればいい。じらして遊んでやるのも君の勝手だよ。かまわない。前にも云ったことがあると思うが、僕は他人の生活には興味が無いのだ。隆子と僕と二人きりの世界以外のことは一切聞きたくない」

「分ったわ」

「そうか。では乾杯だ」

カチャンとグラスを打鳴らして、まっ赤な液体を二人とも一息で呑みほした。ニンニクの強くきいた犢《こうし》の肉を食べ、ニンニクとバターをつけたイタリヤ・パンを食べ、一本のキャンティを二人で空にしてしまうと、相島も隆子もすっかり気分を転換していた。

「今夜は帰る時間を云って出たんだけどな」

「帰りたければ帰り給《たま》え」

「いやよ、そんな云い方。帰さないって仰言い」

「当り前だ。誰が帰すものか」

夜風の中に立っても、冷房のきいた店から出るとモワッと空気がなまぬるい。

相島が、少しはなれたところへ置いた車を「イタリヤン・ガーデン」の前につけるまで、隆子は佇《たたず》んで待っていた。相島に百万円返したことを、満足して思い返すと同時に、それどころか出納帳をやりくってこの半年の間に隆子自身がもう百万円以上の金を落としているのを考えていた。それは二つの指輪になり、高価な帽子になり、ハンドバッグや靴になって、隆子の躰を貴婦人のように飾りたてているのである。

相島の車が近づいてきたとき、それと反対側で車のドアが閉る音がした。隆子がふと振り返ると、信彦が、パルファンの新しい顧客である若い女優と並んで立っていた。

「あら」

女優の方が先に声をあげた。

「こんばんは」

「ごきげんよう」

隆子は丁寧に、とりすました挨拶を返した。信彦はニコリともせずに隆子を見ている。

車が止まった。

「失礼」

隆子はさっと歩き出すと、MGの前をまわって助手席のドアをあけ、相島の隣に躰をすべり込ませた。それきり振り返らなかった。相島も何も云わなかったし、隆子も信彦とばったり出会ったことには触れなかった。ただ、これからどういうことになるのか見当がつかなかった。

アパートに帰ると、相島は当然の行為のように隆子を抱き、いつもよりしつこく愛して、しばらく彼女を離そうとしなかった。反対に、隆子の方ではひどく落ち着かなくて、しきりと帰る時間が気になるのだったが、信彦の一件があるので自分からは帰ると云い出せなかった。

深い吐息をついて、相島が云った。

「齢《とし》をとったと思うよ」

「あら、どうして」

「隆子に溺《おぼ》れそうだ」

「今までは誰にも溺れなかったみたいな云い方ね」

「うん、溺れなかったな。だから自分の生活を崩したことがない」

「隆子には崩したくなったの？」

「いや違う。崩したくないのだが、崩れそうなんだ」

「そんなに隆子魅力的？」

訊いた途端にしまったと思った。相島は最初に、齢の所為《せい》だと云ったではないか。

「魅力の原因が何だか分るかね？」

「分らないわ」

「金を返したからさ」

「………？」

「生活力があるんだねえ、隆子は。近頃の云い方は、そうだ。ショックだ。実にショックだったな」

「私の生活力が魅力的？」

「そう直截《ちょくせつ》に云ってはミもフタもないよ。しかし僕も齢だな。そういうものが魅力になるのは躰が衰えてきた証拠じゃないかと思うと、憂鬱《ゆううつ》だよ」

隆子は、むっくりベッドから起き上がった。

「いくらでも憂鬱になんなさい」

プリプリしながら、下着を着た。

「失礼しちゃうわ。本当に失礼よ。生活力のあるのが魅力だなんて、相島さんに云われようとは思わなかったわ。それじゃまるで私にはその他の魅力はなんにもないみたいじゃないの」

身じまいしてから、思いきって云った。

「信彦さんも大方、私の生活力が魅力なんでしょうね」

相島だけを睨《にら》みつけたつもりはなかった。隆子は近づいてくる自分の運命を睨みつけていたのだ。

相島はゆっくり起き上がると、煙草《タバコ》に火をつけて、別のことを云った。

「隆子、自分の店を持ってみないか？」

「いずれそうするつもりよ」

隆子は反射的にこう答えて立上がった。

「それじゃ又ね。さようなら」

「ああ」

相島はそのままの姿勢で、ベッドから離れようともせず、隆子を見送った。


信彦の態度は翌日から急変した。隆子を見る目は鋭く非難がましく、そして口調はばかに冷たい。そんなことは怖ろしくなかったけれども、パリにいる松平ユキに妙な通信を送られては困ると思いつくと、隆子はほうっておけなくなった。

「信彦さん」

「なんですか」

「あなた変ね。何が気に入らないの？」

「別に」

「そう。だったらいいわ。相島さんとのことを誤解することだけはやめて頂だいね。お金を借りた分を返しに行ったのよ。あの夜のことは誰に訊いてくれてもいいわ」

「夜あったとき、しまったという顔をしたじゃないか。お金を借りただけの相手なら、僕だってパルファンを預かっている人間なんだ。礼の一言だって云わなきゃならない場合だのに、僕には知らん顔をして早々に車で消えるというのはなんの真似《まね》だい？」

「あなたのお連れに遠慮したのよ。私に結婚を申込んでいる人が、あんな時間に女連れでいるとは思わないもの」

ようやく切返してから、落ち着いて背の高い彼を見上げた。

「信彦さん、私はあなたと結婚することを相島さんにも相談していたのよ。それだのに、あんなところで出会ってしまって、相島さんからあれは信彦君の恋人じゃないのかって、不思議そうに訊かれたときのみっともなさってなかったわよ」

これには信彦も少々慌てたらしい。

「なんだってあんな奴《やつ》に相談するんだ」

吐き捨てるように云った。

「だって、あなたと私を共通に知っている人といえば相島さんしかいないもの」

「自分で考えればいい。自分のことじゃないか」

「それはそうね」

途中で逆らわなくなったので、信彦の方も少し折れてきた。

「あの女優、少し売れて来たんでいい気になってやがるんだ。ちょっとコナをかければ僕がのぼせ上がるくらいに背負《しょ》ってるのさ。あっちの男が私をじっと見るんだけど、なぜかしら、なんてカマトトぶって訊きやがって、莫迦莫迦《ばかばか》しいっちゃなかった」

などと、てれかくしの雑言を吐くのである。それが私の機嫌とりのつもりなのかと、隆子の方こそ莫迦莫迦しくなったが、しばらく我慢して神妙に相手となった。目的があるからだった。

「ねえ、松平先生から何か連絡あって？」

信彦が一人で喋るだけ喋って、悲しそうな面持になったとき、頃合をみて隆子は本論に入った。

「なんにもないよ」

「信彦さんは手紙書いてるんでしょう？」

「ああ、たまにね」

「私も週に一遍ずつ書いてたんだけど、あんまりウンでもなきゃスーでもないものだから、このところずっと御無沙汰《ごぶさた》しているのよ。困っちゃうわ、先生が何を考えていらっしゃるのか分らないんですもの。秋の発表会のことも準備にかからなきゃならないのに、先生から何の指示もなければ私一人でやらなきゃならないでしょう?」

「やれるじゃないか、清家さんで充分」

「そりゃあ、ね」

隆子は信彦に意味ありげに笑ってみせた。

「姉さんは驚くだろうな」

「どういう意味?」

「パルファンがこんなに隆昌を見せるとは想像してなかったろうからね」

「ウフン。信彦さんの忠告に従わなくて、よかったわ。やっぱり先生を裏切らなくてよかったでしょう?」

意地悪く、薄嗤《うすわら》いを浮べて云うと、信彦は慌てて、

「僕は何も裏切ろうと思ってたわけじゃないよ。そりゃあ、あのときは姉さんがてっきり相島とパリへ逃げたと思ったものだから、ついかっとなって頭へきてしまったんだけどさ。本気で裏切ろうと思ったわけじゃない」

「信彦さんって怖ろしい人ね」

「どうして?」

「あのときの調子はかなり本気にみえたわよ。もし私が莫迦で、あのときあなたの話に

のっていたら、今ごろは大変なことになっているわ。実際に働くのは信彦さんじゃなくて私なんだから、私一人が裏切者になっていたかもしれないわ。この調子じゃ結婚の申込みだって危いものね。私がお返事したら、あのときは何かで頭にきていたので本気じゃなかったんだって云われるんじゃないかしら。おお、あぶないあぶない」

　隆子は追及を続けたが、信彦も慌ててばかりはいられなくなったらしく、

「それとこれとは違うよ。ひどいなあ」

　真剣に向き直ってきた。

「違ってもらわなきゃ私の方だって困るけど」

「考えてくれてるんだね」

「そりゃあ、むろんだわ。ただね、やっぱり松平先生のお考えを、私も訊いてみたいから」

「姉さんが賛成すればいい？」

「賛成なさるとは思えないのよ」

「そんなことないよ。姉さんは僕が自分で欲しいと思う人を見つけたら、反対はしないよ」

「話が違うようね。あなたをずっと独身でいさせたのは先生じゃなかったの？」

「そりゃ姉弟としては仲の良すぎる方かもしれないよ。僕も考えたことはある。でも、

清家さんは姉さんのお気に入りだし、パルファンになくてはならない人間になったのだから、当然姉さんは大賛成だと思うな。二人が結婚すれば、二人とも姉さんから離れなくなるわけだから」

この信彦の言葉は、隆子の懸念にものの見事に突きささった。

松平ユキの後継者としての清家隆子——それはいい。しかし、それではパルファンがスムースに自分のものになるかわりに、信彦というオマケがつくのだ。今はパルファンの弟として無為徒食している男が、やがてパルファンの夫として、やはり無為徒食する生活を続けるだろう——これは想像するだけでもぞっとする図であった。

ちょいと美男で体裁がいいというだけの男を、自分の野心の代償に一生背負いこまなければならないなんて、考えるだけでも隆子は我慢がならなかった。

しかし問題は松平ユキが果して信彦の云った通りの反応を示すかどうかというところにあった。

が、隆子は現在のパルファンに占める位置を思うと、ユキが自分を手放す筈はないと考えた。パリから帰ってきたユキが正確に隆子の能力を認めたなら、むしろ積極的に信彦と隆子を結びつけようとするのではないか。そう思うと、隆子は誇らしい気持がたかぶると同時に、やりきれなさも募ってきた。

信彦をとらずにパルファンだけをとる方法はないものだろうか。松平ユキに向って、信彦さんと結婚する意志は全くありませんが、パルファンは欲しいから、あなたの後継者にはなりましょうと、正直に云えるのだったらどんなにいいだろう。しかし松平ユキがいかにヤキモチやきで弟の恋愛を阻む姉であったとしても、実の弟が嫌われていい気持になるとは考えられなかった。

信彦にしてみれば、パルファンと隆子を結びつける役目をすれば、これはもう一生喰《く》いっぱぐれがないと踏んでいるのに違いなく、だから求婚も必死なのだ。生活がかかったとき、弱い男の愛は真剣になるのに違いない。

困った——。

が、進退きわまるところまで追い詰められているわけではなかった。何しろ松平ユキがいつ帰ってくるやら、いずれのっぴきならず返答を迫られるのは、大分先のことであったから。

そして、それまでに隆子がやらなければならないことは山のようにあるのであった。

まず、秋のファッション・ショー。

これまでは、松平ユキの思惑を考えて、仕事は総《すべ》てパルファンの名だけにより、清家隆子個人の名は決して表面に出さないで来たのだったが、パルファンが今では隆子によって率いられているのであり、隆子に充分それだけの技倆《ぎりょう》があることはパルファン内外ともに認めているところだ——と、隆子はそう思っていた。事実、縫製室では誰も隆子に対して楯《たて》つく者はいなかったし、仕事が多くなってどんなに忙しくても給料がドカンと殖えたのだから文句を云うことは出来ないのだと隆子も自分のやり方に満足していた。

これで信彦という男さえいなかったら、何もいうことはない状態なのだ。しかし信彦の存在が、隆子にはっきり将来の計画を立てさせていた。

隆子は、そろそろ仕事の上に自分の名前を出し始めてもいい頃だと計算していたのである。

秋のショーには、パルファンと同時に清家隆子の名が目立つ演出を考えなければならない。そのためには、一流のデザイナーらしい服装と佇《たたずま》いをして、デザインも勿論隆子一人でやってのけ、モデルの歩くのにつれてスピーカーから流す解説も自分自身でするつもりである。この計画を練るのは、それだけでも胸が湧《わ》く。

ショーには、西竹デパートが全面的にバック・アップしてくれる予定だった。西竹デパートとの交渉は一切隆子がしていたのだから、隆子の名前を正面に押出す計画に、デパート側が難色を示すことなど考えることもできなかった。契約書にサインするときも、布地等の仕入れに使う印鑑も、松平ユキのものではなく清家隆子でサインし、清家のハンコで事が運んでいるのだ。

考えてみれば、若く、キャリアも碌にない隆子が、これだけのことをしているのは驚くべきことであったかもしれない。だが、隆子はそれが運の向いている証拠だと思っていた。

　映画の仕事も相変らず殖えていて、撮影所に出かけて行って仮縫するような忙しいときがある。台本と首っぴきでデザインを考案するのは、生き甲斐《がい》のある仕事だった。派手で、宣伝効果が多いという以上に、映画の仕事は無茶に忙しいというだけでも、隆子の性格には向いている。

　そんなある日、隆子は眠る前に思いついて、ネグリジェ姿のまま机に向った。パリにいる松平ユキに手紙を書かなければならなかった。

　忙しさに取紛れていたのと、いくら書いても返事がないのと、それに隆子の心にはっきり松平ユキに対する裏切りの心が秘められて以来、随分長く隆子は手紙を書くことを怠っていたのであった。


　松平先生。

　すっかり御無沙汰いたしました。そろそろ秋のショーの準備が始まりますので、ただ映画のお仕事も顧客様の御注文も平常と変らず続けている上に、仲々大変で、ただただ忙しく、それに取りたてて御報告するような目新しいこともなかったものですから、気にかかりながら、ついつい筆をとることができませんでした。

我ながら弁解の多い文句だと思ったけれども、実際書くことがないのだから仕方がない。できるだけ大きな文字を散らかしながら、暑くなったとか、誰が死んだとか、できるだけパルファンとは関係のないことに筆を飛ばしていた。

深夜パルファンの前を通る車の音が姦《やかま》しい。交通量が増したので、こんな邸町《やしきまち》でも随分騒音が、夜昼の区別なく立つようになってきた。が、ふと隆子は聞き耳をたてた。

ノックが聞こえる。

人の耳を憚《はばか》るように、隣室から、ノックしているのは信彦に違いなかった。寝室を並べていたユキと信彦の姉弟関係が、あらためて思い起される。

夜中のノックが始まったのは、今夜に限ったことではなかった。隆子はもう泊り込みでなくては仕事に追いつけないので、今ではユキの寝室に頑ばっているのだが、ここへ泊るときめたときから、縫製室の人々を証人のように呼んで、信彦の部屋との境のドアに、新しい錠前を一つつけた。わざとらしいと見る人があるかもしれなかったが、泊る以上はこうするのが当然だと思った。鍵《かぎ》をかけてからは、それを小鷹利とも子に預けてある。開ける必要はない場所だった。

隣の部屋には信彦しかいないのだから、ノックしているのも信彦にきまっている。隆子は唇の端に苦笑を浮べた。

いやらしい……。

開けようにも開ける鍵を隆子が持っていないのは、信彦も知っている筈なのだ。それを承知で猪介を出している信彦の、どこか卑劣な性格を、隆子は警戒するよりも、蔑《さげす》むことだけで見過そうとしているのであった。

秋のショーの予定日は十一月の第二週に決まりそうです。季節にさきがけるべきファッション・ショーにしては遅い時期と思《おぼ》し召すでしょうが、狙いは高級既製服にあるので、クリスマスとニューイヤーのカクテルドレスにしぼってデザインをします。先生から少なくても三点は出品して頂きたいと思っておりますが如何《いかが》でしょうか。いつも御返事がないので、心配ですが、どうぞ御連絡下さい。マテリアルは日本の絹、日本の合織に限ってほしいと、これは西竹デパートの意向です。次便で、よさそうな布地見本を選んでお送りします。

かなり長い手紙を書いたが、事務的に必要なことを認《したた》めたのは、これだけだった。ユキの返事は期待する気もないので、かなり気のぬけた文章になった。布地見本を送るのは、ひょっとすると忘れるかもしれない。

書上げて封をすると、隆子はごくなれた手つきで、机の抽出しから睡眠薬の箱をとり出し、一方のコップにはウイスキーを水で割ってから、錠剤を嚙み砕いて、飲み下した。過労と、不規則な生活が続いて、この三ヵ月ほどの間にいつの間にかついた習慣であった。

残暑の合間に涼風がたつようになると、パルファンは決戦期に入っていた。予想通りパリの松平ユキからはウンともスンとも云《い》って来ないので、清家隆子は最初のプラン通り、自分のデザインを正面に押し出し、自分のアイデアに従って仕事をすすめた。

「プレタポルテって平たく云えば既製服なんでしょう？　これ、奇抜すぎないかしら。買ってすぐ着るにはデコラが多すぎるんじゃない？」

小鷹利とも子が遠慮のないことを云って、隆子のデザインを批判したが、

「いいのよ。西竹デパートと相談して、ショーには人目を惹《ひ》くものを出そうっていう方針になったの。デパートはOKなのよ、それで。モデルは一条さんに決めてあるの。あの人なら不自然でなく着こなせるわ」

隆子の返事は堂々としていて、誰にも四の五の云わせない。自信があるのであった。若くたって、キャリアがなくたって、私はやっているのだ。縫製室はベテラン揃《ぞろ》いといっても、この中の誰がデパートとタイアップして豪華なショーを実現できただろう。

「ウェディング・ドレスは冴田絵理子さんに着てもらうことにしたのよ。フィナーレが、ぐっとしまるでしょう。どうォ？」

自分のアイデアを小出しに紹介してみせると、気難しやの久世寿子でさえ、

「そりゃ凄《すご》いわ。冴田さんは出ると云ったんですか？」

と、驚いて訊《き》く。

「むろん忙しい人ですもの、スケジュールに入れてもらえるかどうか、随分私も心配したわよ。だけど、冴田さんの方が熱心でね。パルファンのショーなら、私が出なくっちゃ幕が上がらないでしょう、なんて、大張切りよ。冴田さんが出ると云ったら、西竹デパートの宣伝部じゃ大変な喜びようだったわ。もうショーの成功は疑いなしだって」

こういうことは、すぐに噂《うわさ》となってひろまるものらしく、婦人雑誌からは「有名人の選んだプレタポルテ」という企画で、秋からパルファンにグラビアを四頁《ページ》受持ってほしいなどと云って来ている。名のある女性や、上流社会の夫人たちに、自分の好みのプレタポルテを着てもらうのが狙《ねら》いなのだ。それにのれば、パルファンの顧客も新しい層を開拓することができるだろう。

「私ね、西竹デパートと点数契約にするつもりなのよ。それで、デザインはパルファン縫製室の誰のものでも取上げていこうと思うの。採用の分は、一点ずつ買取るわ。むろん月給以外の収入になるわけよ。どうかしら」

「結構なお話だけど、採用するかどうかは誰が決めるの？」

小鷹利とも子が訊いた。

何を喋《しゃべ》っても、誰が訊いても訊かれても、みんな熱心に手先は動かしている。一分でも手は空けられなかった。隆子は一円でも収入を殖《ふ》やそうという考えから、仕事は山のように抱えこんでも、人数は決して殖やしていないのだ。縫製室の裁断台の中央には、アンプル入りの強壮剤が積上げてある。疲れたと思ったら、各自で飲むようにしているのだった。

小鷹利とも子がキーキーと音をたててアンプルを切ってから、小さなストローで中の薬液を吸いあげ、

「ああ、この調子で続いたら命が縮むわね」

と云った。

「薬もいいけど、食事がなんとかならないかしら。干物だの、烏賊《いか》の煮つけだの、カレーライスだのじゃ、躰《からだ》の方が続かないわよ」

久世寿子も云う。

久布白マサ子が、そっと隆子の方を窺《うかが》い見た。

隆子は黙っていた。聞こえないふりをよそおっていた。

人間を殖やして仕事を減らすのは簡単だが、今のパルファンでは新入りを仕込む余裕

ないし、人件費が殖えるのは考えものなのだ。全体の収入が、パルファンの手許《てもと》に、いや隆子の手許に残る金額を思うと、人間を殖やすことはできない。

食事にしても、そうだ。隆子は松平ユキの母親だという老婆《ろうば》と話しあった結果、肉より魚が格安で、二種類のお惣菜《そうざい》を作ると、月末には支出が倍にはね上がるということを知った。忙しくなるのだからと、食費は一度大幅に引き上げたのだが、食事の質は一向に向上しない。隆子が詰問すると、物価の値上がりが原因だと老婆は嘯《うそぶ》くのである。

「大根一本が百円するんですからねえ」

一人当り一日の予算で五十円上げてみても、二十人近い人数では一日千円から余分にかかるのであり、近頃は必ず夜食を出すことにしているので、それは店屋物をとれば、とても一回が千円では足りないのである。隆子も忙しいから献立の一々に目は通せないし、また食費をふやしても老婆がその分を着服するのは分っているから、まったく処置なしなのであった。

それにしても、と隆子は思う。人を使うのは厄介なものだ。仕事が忙しくなると思えばこそ給料も大幅に引き上げたのに、それから一年たたぬ間に、もう忙しい忙しいとブツブツ文句を云うのだ。松平ユキの頃と較べて、決して、食事が粗末になったわけでもないのに、隆子の耳に聞こえよがしな口を叩《たた》く。

隆子は、しかし知らぬ顔をきめこんでいた。何を云ったたって、誰もここから出て行くことはできないのだ。給料はいい。冷暖房完備の仕事場。いよいよ発展しているパルファンの名声。何に不満があったところで、誰もここから出て、よりよい働き場所があろうとは考えてもいない筈《はず》だった。そして、そのパルファンは、今や隆子の思い通りに動いている。彼女に正面切って異を唱える者は、誰もいなかった。いや、隆子のデザインを批判する者があっても、隆子は少しも動じなかったのだ。みんな蔭口《かげぐち》の類《たぐい》だ、そう思っていた。云ってみれば私は既に経営者なのだ。先輩だ、ベテランだといっても、この連中は私に使われている人々なのだ。隆子は、人間を使うのに必要な非情さというものを自分は充分に持合わせていると信じていた。

このショーが終って、世間で清家隆子という名が通るようになれば、この縫製室に隆子は完全に君臨できると思っていた。ショーの成功は、隆子が近い将来独立するためにどうしても必要なことであったが、それは最も近い将来においてはパルファン縫製室を全く思いのままにするためにも絶対必要なことであった。

「忙しくなってきたから当分は来られないわよ」

相島のアパートを訪ねても、近頃の隆子は全く寸秒を惜しむような有様だった。

相島はベッドの中でけだるげな目をして、手早く着替えている隆子を眺めていた。ベルギーレースを使った贅沢《ぜいたく》な肉色のシュミーズ。黒に近いチャコールグレーのアンサンブルは、フランス製のシルクウールで上品な光沢があった。衿元《えりもと》を飾る大粒の真珠のブローチには四分の一キャラットのダイヤがあちこちで燦《きら》めいている。新しいハート型のカットのダイヤを組合わしたダイヤの指輪。ユキの大粒の角ダイヤには、足許にも及ばない安物だけれども、ついこの間までの隆子の持物とは今では雲泥の差のあるものばかりである。だが、こういうものを身につけても、隆子はそれに酔うだけの余裕を失っていた。お洒落《しやれ》もなにか殺気だっている。

　コムパクトの小さな鏡をのぞきながら、隆子はルージュをひき、めばりを直し、そして喋っていた。

「私ねえ、信彦さんとの結婚はやめることにしたわよ」

「ほほう、なぜ」

「あんな働きのない頼りない男を背負《しよ》いこむなんて一生の不作ですもの」

「なるほどね」

「結婚なんて考えてる余裕がまず無いのよね。相島さんさえいてくれれば、私はそれで満足よ」

「その僕のところへも来られないというんだろう？」

「ショーがすむまでは、ね。だって清家隆子がこれで売り出せるかどうかという真剣勝負なんですもの。パルファンと私が切離せるときが、私の独立するときよ」

「ほう、独立するのか」

「頼りないこと云わないでよ。いつでも応援するって云ったくせに」

屹《きつ》として振り返ると、相島はようやく目がさめたとでもいうように、

「もちろん、喜んで、女王さまのために捧《ささ》げるつもりですよ、僕は」

と云った。

「女王さまに、早くなりたいわ」

「もう現にそうだよ」

「まだですよ。まだ何もかも私のものにはなっていないのだから」

「なるほどね」

「ねえ相島さん」

帰り支度が整うと、隆子は真剣な顔になって向き直った。

「松平先生は、いったいどういう気でパリにいらっしゃるのかしら」

「さあねえ、僕のところにも葉がき一枚よこさないのだからな。昔から筆不精だったたが」

「そんなこと訊いてないわ」

「うむ」

「松平先生はパルファンをどうするつもりなのかしら」

「どうするって?」

「今後もやって行く意志があるのかどうかっていうことよ。名人気質《かたぎ》も結構だけど、お店の経営は忘れてしまっているんでは、あんまり無責任だわ。私も自分のものでもないパルファンに熱中するのは考えものだと思うじゃありませんか」

「………」

「信彦さんが景品についてるパルファンじゃ、うっかり引き受けるわけにはいかないし、先生のお母さんときたらこれも難物で、ちっとも思い通りになりやしない。私が切廻《きりまわ》しているといったって、やりにくいといったらないのよ」

だんだん愚痴になってきたので、隆子は立上がった。時計の針は十時になっている。パルファンに戻ったら、仮縫のできたものを人体につけて、デザインとイメージがくいちがっていないかどうか調べてみる仕事が残っている。縫製室の人々は、そろそろ帰ったり、眠ったりの時間だったが、隆子が眠るのは、いつも夜中の二時近くであった。

十一月二週というショーの始まる日は刻々迫っていた。秋のシーズンにさきがけて、九月の末からあちこちのデパートで、ファッション・ショーが華やかに開幕していた。パルファンのプレタポルテもどうしてもそういう動きに刺戟《しげき》される。隆子にしてみれば、シーズンの最後に蓋《ふた》をあけて、全部さらってしまわなければならないのだから命がけであった。

目が次第に血走ってきていた。この頃では信彦の方も畏《おそ》れを覚えているのか、寄りつかない。

縫製室に流すレコード音楽も、

「うるさいわ。止めて頂だい」

隆子は癇《かん》を立てて、かなきり声をあげる日常なのだ。

裁断台の上にも、食堂のテーブルの上にも、強壮剤アンプルの他に肝油や種々のビタミン剤が並んでいた。時をかまわず、色とりどりの錠剤を、あおるように飲んでいると、

「悲壮ね」

久世寿子が誰にともなく呟《つぶや》いたのが、耳に残った。まるで他人事《ひとごと》のように、一生懸命の隆子を嘲《あざ》けるような声が、いつまでも気にかかった。しかし隆子は、彼女たちの日頃の不平不満と同様に、これも聞き流さねばならなかった。

階下から縫製室へ切換えてある電話が、ジリジリと隆子の苛立《いらだ》ちを更にかきたてるような調子で鳴り響いた。

「誰か！　早く出てよ！」

耳を押えたいような気持で隆子が叫ぶ。前には必ず隆子が電話口に出たものだが、こう忙しくなっては用件をきいてからでなくては出る気になれないのだ。

久布白マサ子が受話器に飛びついた。

「ハイ、パルファンでございます。ハイ、毎度どうも。はあ？　先生が明日でございま

すか？　モシモシ、パリからの電報ですか⁈」

　ハッとしたのは隆子だけではなかった。縫製室の人々は一瞬手を止めて、一斉に久布白マサ子を注目した。

　マサ子も慌てているらしく、

「ちょ、ちょ、ちょっとお待ち遊ばして。はあ？　ハイ。ハイ、覚えます。エール・フランスですね。七〇二便、ハイ、羽田が午後八時ですか？　二十時十分、ハイ、分りました。モシモシ、その他は、ああそうですか。ありがとうございました。先生によろしくお伝え下さいませ。ハイ、どうも」

　電話を切ると、メモ帳と鉛筆をとって、云われた言葉をすぐメモしている。

「どうしたの？」

　隆子も、小鷹利とも子も、久世寿子も、一斉に久布白マサ子に訊いた。

「松平先生が明日帰っていらっしゃるんですって。エール・フランスの七〇二便で、羽田に二十時十分。夜ですね」

「航空会社から報《し》らせてきたの？」

「いいえ、鳥尾文子さんからです」

「鳥尾文子さんから！　どうして？」

「松平先生から連絡があって、パルファンに電話してほしいというお話だったからと仰言《おつしや》いました」

「どうして電話を切ったのよ、久布白さん」

隆子が詰《なじ》ると、

「でも、かけてきたのは女中さんみたいでした。鳥尾文子さんはロケにお出かけですと云ってましたよ」

という返事なのだ。

隆子は茫然《ぼうぜん》としていた。

松平ユキが帰ってくる！　それも突然に！

帰国の通知は直接パルファンに来ずに、鳥尾文子という女優からの伝言なのだ……。


何を考えるにも暇というものが今の隆子には失われていた。午前中は西竹デパートの宣伝部と打合わせ、ポスターとパンフレットの見本刷を見て、それからパルファンに戻り、お客様の注文をきいた後で、仮縫したウェディング・ドレスを持って冴田絵理子のいる撮影所にかけつけ、撮影の合間を見て補正をすませた。

「ちょっと、あっさりしすぎていないかしら？　エリ、もっとデコラのある方が好きだわ。この辺にシャーリングしてほしいな」

冴田絵理子は派手好みだから、清楚《せいそ》な純白のドレスでは物足りない顔をしたが、

「手にお花を持って頂きますし、それにイブニングと違って花嫁衣裳《いしょう》ですから、飾りの少ないのが本来で、オーソドックスなんですのよ。その分お顔が際立《きわだ》って、冴田さんに出ていただいた効果は出ると思いましたんですの」

隆子は、いつもの調子で抑えてしまったのだけれども、気持はそれどころではなかった。喉許《のどもと》まで、今夜松平先生が帰るんですという言葉がこみあげてくる。頭の中は、そのことだけだった。冷静に考えれば、いくらウェディング・ドレスでも、冴田絵理子のためにはもっと豪華なものでなくては似合わないということぐらい気がつくところであったかもしれないのに、隆子は仮縫の補正をすますと挨拶《あいさつ》もそこそこに車へ飛乗っていた。

腕時計を見ると、針は六時をさしている。一時間でパルファンへ着いて、急いで着かえれば七時にはぎりぎりで間に合うと計算したが、落ち着かなかった。昨夜は、どうやっても眠れないので、睡眠薬を次々と飲み足したものだから、それが今度は効き過ぎて、いまだに頭がはっきりしないようなのだ。

「マサ子さん、松平先生もひどいわね。せめて二、三日前にでも知らせて下されば、こんな想《おも》いをしないですんだのに」

つい愚痴が出て、助手として従えていた久布白マサ子に相槌《あいづち》を求めるとマサ子の方で

も考えていることがあったらしく、

「こんなに急に、変ですねえ」

と云う。

変ですねえ。

この言葉は、昨日から隆子の胸にわだかまっていた想いを鮮やかに解き明した。

変なのだ。全くそうだ。おかしい――。

留守を預かっている隆子に一通の便りも寄越さなかった松平ユキが、突然の帰国を、直接パルファンには連絡せずに、パルファンの古い顧客である鳥尾文子に知らせて、そこから留守宅へ伝言するという方法をとったのは何故《なぜ》か――。

鳥尾文子――。それは冴田絵理子のちょっと前に全盛期を迎えていた女優であった。外国との合作映画に出演したり、度々の外国旅行に一人で歩きまわったり、冴田絵理子ほどの当世流行の人気というものこそないけれども、スケールの大きい大女優であることには間違いない。

その鳥尾文子が、ずっと前に松平ユキに映画衣裳をやらないかとすすめたことがあったというのを、隆子は突然思い出した。

続いて、

「あ」

思わず声が出たのを、久布白マサ子が聞き咎《とが》めて、

「忘れものですか」

と聞いたが、

「え、うん、いいえ、いいのよ」

隆子は慌てて誤魔化してしまった。

鳥尾文子が、つい先だってもヨーロッパにぶらりと遊びに行っていたので、隆子は思い出したのだった。

パリで出会った松平ユキと鳥尾文子。それを想像するのは容易だった。そのとき二人の間で、パルファンがどういう形で話題になったか――。

隆子の胸の中で、俄《にわ》かに不安の雲がひろがり始めた。

何を心配しているのか――。と、隆子は俄かに取乱している自分に問いかけてみた。

何も不安に想うことはないじゃないか。私は一生懸命やってきた。一文のお金も残してなかったパルファンを、借金して守立《もりた》て、短期間に借金も返し、映画界に、デパートに、ジャーナリズムに、これだけ喧伝《けんでん》してしまったのだ。帰ってきた松平ユキに、よくやったと褒《ほ》めてもらうことはあっても、私が疎外される筈はないのだ――と、隆子は自分に云いきかせた。若い隆子が、寝食を忘れて、これだけ切廻して来たのだ。それは松平ユキにとって驚くべきことに違いなかった。これだけパルファンを拡張したところへ、

ポンと戻って元の位置に納まれる松平ユキこそ幸運と云うべきだった。隆子さん、流石《さすが》だわ。松平ユキは、あの美しい声で、こう驚嘆する筈であった。思った通りだったわ隆子さん、これからもお願いしてよ、鈴を振るような声が、こう云うに違いなかった。

が、幾度それを信じようとしても、隆子の気持は納まらなかった。車の中で、久布白マサ子も黙りこくっている。この頃では、隆子の一顰一笑《いっぴんいっしょう》を気にかけて忠実な秘書のようになっていたマサ子が、すっかり考え込んでしまっているのである。

運転手を急がせて、霞町のパルファンに戻ると、門にはクライスラーの影がなく、思いなしか家もひっそりしているように見えた。苛々と玄関のベルを押すと、しばらくして松平ユキの母親が皺《しわ》だらけの顔を出した。

「みんな羽田へ行きましたよ」

「みんなですか。誰も残っていないんですか?」

「ええ、みんなですよ」

「いつ出たんです」

「二十分ほど前だったかねえ。十分ほどしかたってないかもしれませんよ」

「まあ、待ってくれればいいのに」

思わず舌打ちすると、

「あんた方も行くんですか?」

老婆は間抜けた訊き方をした。故意に違いなかった。行くにきまっているでしょうと毒づいてやりたいところだったが、帰ってくる松平ユキの母親だと思えば、何を云い返すこともできなかった。

老婆を押込むようにして家の中にはいると、隆子は自分の部屋になっているユキの寝室に飛込んだ。昨夜のうちに片付けられるだけ片付けたのだけれども、どうしても今では隆子の部屋だということが一目瞭然《いちもくりようぜん》だった。それは仕方のないことだった。隆子はユキに代って一切の事務を代行していたのだし、そのためには二階の縫い子たちの部屋に同居していては埒《らち》があかなかったのだ。しかし、理屈はどうあれ神経質なユキが、この部屋に戻っていい気持に和《なご》むことは考えられなかった。隆子は当惑して、先刻からの心懸りはこのことだったろうかと思った。

すると、少し気が楽になった。他には——そう、他のことでは隆子は何一つ心配なことはない筈だった。寝不足で充血している隆子の目を見たら、松平ユキはその奮闘ぶりを悟って、多少のことは見逃してくれるだろうし、パルファンの今日を見たら、感謝以外の何ものもない筈なのだ。くどいほど繰返して、隆子はそれを自分に云いきかしていた。

「清家さん」

久布白マサ子が入口に立って、遠慮がちに呼んだ。

「なあに」

スリップ一枚になっていた隆子が振り返ると、

「あの、私、お先に行きますけど」

と云うのだ。

行先は羽田にきまっていた。

「見れば分るでしょ。私も用意しているところじゃないの。待って頂だい。それとも、あなたどうしても一人で行かなきゃならないわけでもあるの？」

隆子の顔は険しく、云うことも喧嘩《けんか》ごしなのに懼《おそ》れ入って、久布白マサ子は待つことになったが、隆子はとうとう不機嫌のかたまりのまんまでタクシーに乗込み、羽田まで口一つきかなかった。

信彦の運転するクライスラーには、いったい誰と誰が乗って行ったのか。いくら松平ユキが帰るといったって、目の先にせまったショーのあるときに、誰も彼もが仕事を放り出して出かけるということがあってよいものだろうか。隆子は腹を立て続けていた。怒っているのでなければ、隆子を待たずに羽田へ行ってしまった縫製室の連中から、意識的に疎外されているような気がして耐えられなかったのだ。

国際空港の正面に降りて、ロビーへの階段を駆上がった。パルファンが、服装はまちまちでも二十人かたまれば直《す》ぐ目につくと思ったのに、ロビーを隈《くま》なく見渡しても知った顔がなかった。

「誰もいませんね」

久布白マサ子が心配そうに云った。

「フィンガーへ出たのよ、きっと」

埠頭《ふとう》の入口で二十円ずつ機械に押込んで、ロビーから外に出ると、向うからぞろぞろとかたまってくるのはパルファンの連中であった。小鷹利とも子や信彦を中心にした一団である。

「飛行機は？」

隆子の問いに小鷹利とも子が答えた。

「もう着いたわ。松平先生は税関よ」

「みんな会えたの？」

「ええ、お会いしたわ。先生はタラップを降りるときもう気がついてらしたわ。上と下とで大騒ぎだったのよ」

「私が仕事で遅れたって云って下さった？」

返事はなかった。

ここまで来ると、隆子には全員の裏切りが明らさまに見えるようだった。信彦も知らん顔をしている。久布白マサ子はいつの間にかグループの中に入って、誰彼から松平ユキの様子を聞いているのに、隆子一人がとり残された。

フィンガーの出口で小鷹利とも子が振り返って呼んだ。

「清家さん、先生がロビーにお出になるまでまだ時間があるから、みんなでお茶でも頂きましょうよ」

本来ならば隆子が全員のイニシャチブをとって、全員を空港のレストランへ連れて入るところなのに、こうして大声で招かれるというのも屈辱だった。隆子は唇を噛《か》んだ。かと云って、不機嫌になってはいられない場合なのである。隆子は観念して小鷹利とも子の誘いに応じた。

レストランは、同じような時間つぶしの目的を持った人々で一杯だった。パルファン全員のための椅子《いす》はなかなか見つからなかった。ようやく奥の方にテーブルを見つけたが、隆子が坐《すわ》るのは一番最後になった。信彦は自分の横の椅子が空いているのに、どうぞとも云わないのである。

「僕、コーヒー」

「私もコーヒーがいいな、みんなそれでいい？」

訊いたのは久世寿子である。肯《うなず》く者の多い中で、隆子だけが、

「私はコカコーラがほしいわ」

と云った。

「あ、ここね、みんなコーヒー、一人だけコカコーラよ」

注文している久世寿子の口調にも、隆子は疎外されている自分を感じた。しかし撮影所からパルファンで一休みもせずに羽田へ駆けつけたのだから、実際に喉がかわいていたのだ。

「ちょっと、先生のお帽子に気がついて？」

「赤いのね、驚いちゃった。何年ぶりかしら、先生が赤いものを身につけたのなんて」

「革命じゃない？　おみやげが楽しみだわ」

「あの帽子、布かしら」

「羽じゃないの、鳥の」

「ああ、そうかもしれない」

遅れて来た隆子は、こんな話題の仲間入りもできないのだ。

隣で黙ってコーヒーを搔《か》きまわしている信彦に、隆子は自分の方から話しかけた。

「突然で思いがけないことだったけど、先生が帰って下されば、こんな心強いことないわ。ね、信彦さん」

「ああ、そうですか」

そう答えた信彦の冷たい目つきに、隆子はぞくっとした。が、怯《ひる》みたくはなかった。

「それ、どういう意味なの、信彦さん」

「どういう意味もありませんよ。僕の姉さんの話でしょう？　そうでしょう、心強いでしょうなんて、まさか云えないじゃありませんか」

態度も言葉づかいも、二、三ヵ月前とは別人のように変ってよそよそしい。隆子は黙ってコカコーラを、一人で、飲むしかなかった。

エール・フランスの搭乗客たちが、そろそろ税関を通過してロビーに姿を現していた。そして間もなく松平ユキが颯爽《さっそう》と待っている人々の前に立った。

「先生」

「お帰りなさい」

いつの間に用意してあったのか、信彦が真紅のカーネーションで作った花束を捧げた。

「ありがとう。ちゃんと帽子とあわせて下さったのね」

松平ユキが、匂《にお》いやかに笑った。

到着前に化粧をし直したのだろう、長旅の疲れは見せず、松平ユキは相変らず美しかった。いんこの胸毛を張り詰めたトーク型の赤い帽子と、フレンチクロコダイルの黒いバッグと、淡紅色のベレンの手袋――それ以外はコートも下のドレスも日本を発つときと同じ黒っぽい旅行着で、それがいかにもユキらしかった。

新しい手袋をいたわりもせずに、ユキは迎えに来た一人一人と握手をした。

「お帰りなさいませ。ショーに間に合うように帰って下さったんですね」

隆子は松平ユキの指を握りしめて云った。

「ええ」

ユキは、微笑してうなずき、すぐ次の子の挨拶を受けた。

隆子は不満だった。自分だけには特別扱いの挨拶があるものと期待していたからである。いくら全員が迎えに来たからといって、留守を守れたのは隆子一人の才覚ではないか！　が、ユキが故意に隆子を避けたとまで邪推することはできなかった。


翌日から、松平ユキはファッション・ショーの準備に巻き込まれた。

松平ユキ帰国の知らせは西竹デパートの人々を驚喜させ、

「そういうこともあろうかと思って、ポスターもチラシもスペースをとってあったんですよ。早速、松平ユキ滞仏作品特別ショーと刷りこみましょう」

宣伝マンは張切って叫んだ。

ショーは十日後に迫っているというのに、ユキの作品の制作が間に合うかどうかは、懸念する必要がなかった。ユキがエア・カルゴで持って帰ってきた荷物の中には、眩《まばゆ》いばかりのドレスが十二点も仮縫をすませて納まっていたのである。

松平ユキの素晴らしい記憶力は、そのドレスを着せるためのモデルの寸法を覚えていたので、指定のモデルに着せてみると、補正の必要はあまりなかった。

「仕立てて帰ってきても間に合ったわね。私の方がプレタポルテじゃない?」

ユキはこう云って雅《みやび》やかに笑った。

プレタポルテのショーと銘打っている隆子の作品が、二度の仮縫を必要として悪戦苦闘している最中《さなか》だから、隆子にはこれが手ひどい皮肉に聞こえない筈がなかった。

「プレタポルテのショーに、モードを混ぜていいんですか? 布地は提供している会社がきまっていて、日本の絹、日本の合織とプログラムには謳《うた》っているのに、松平先生の作品は例外なくフランス製ですよ。プリントの模様だって、みるから違いますわ。プレタポルテの方は、マテリアルが見劣りして、評判を落としてしまうんじゃないんですの?」

隆子は、西竹デパートへ出向いて、真剣になって云いたてたが、隆子の危惧《きぐ》するところは認めても、宣伝部では達観していた。

「いやあ清家さん。我々も同じ心配をしないわけじゃなかったんですが、松平先生の作品をざっと拝見して考えが変ったんですよ。プレタポルテと順序をまぜこぜにしてショーに出せば、見物は豪華さに圧倒されて、プレタポルテの高級さを逆に印象づけますよ。大丈夫です、我々に勝算がありますから」

「でも私は……」

「松平先生というのは大したものですね」

「ええ、……そりゃあ……」

「今度初めてお目にかかりましたが魅力のある方ですな。それに、あの声！　宣伝部は一致して作品解説をお願いすることにしましたよ」

「まあ、解説を？」

「いやだと仰言いましたがね、強引にねばってOKをとりましたよ」

「いつのことですの、それ」

「昨夜、パルファンをお訪ねしたのです。清家さんはお留守でしたな」

昨夜なら隆子は留守ではなかった。縫製室でミシンがけをして、夜は縫い子の部屋で眠ったのである。

西竹デパートには、いつも隆子の方から出向いていて、デパートの人たちがパルファンを訪ねて来たことはこれまでになかった。だのに、松平ユキとなると、宣伝部も嬉々《きき》として出かけてしまうというのだろうか。

隆子は、ここ何ヵ月か眠りもやらず想を練って築きあげた計画が、帰ってきた松平ユキによって底から掻き廻されているのを感じないわけにはいかなかった。

「でも十二点も飛入りがはいって、それに解説がつくとすると、所定の時間では終らないことになりますわね」

「ええ、ですからプレタポルテの方は、解説なしで、モデルにどんどん歩いてもらうことにしました」

「解説ぬきですか！」

「時間がありませんからね。それからまたプレタポルテ本来の性格からも解説は必要ないんじゃないかって、前から、そういう意見もありましたので」

「それじゃ私の作品は……」

「つまりパルファンを代表して松平先生に活躍して頂くわけですから。それで充分ショーの目的は果せるんじゃありませんか、お互いに」

隆子は、彼女の立っている足もとの砂が干潮に誘われて崩れ落ちて行くのを感じていた。

では、私はこの八ヵ月の間、何を一生懸命やっていたというのだ？　八ヵ月の間、私は何のために働いていたのか——。

だが、考える時間も、惑う暇も、悩むときも、隆子には失われていた。松平ユキの帰国を迎えて以来、パルファンの縫製室は一層忙しさに拍車をかけてしまっていたのである。予定のプレタポルテの制作だけでも充分忙しかったのに、そこへユキの作品の本縫いという仕事が殖えたのである。隆子は自分の作品を抱えこんで終日ミシンの前を動くわけにはいかなかった。

そこへもってきて、松平ユキの帰国をききつけて、戸田夫人を始めとする顧客たちから一斉に注文が来るようになった。

「お仮縫ですよ」

縫製室のドアを開けてこう呼ぶのは、久世寿子であった。隆子がデパートへ打合わせに行っている留守中に、ユキのアシスタント役は彼女に代っていた。

手の空いているものが、反射的に立上がって磁石を持ち、例の真紅の布張り詰めた「お店」にかけ降りて行くのだ。隆子は決して手が空いているわけではなかったが、何か不安で縫製室には残り難かった。

白いブルーズを着て、磁石を手に持ち、床を這《は》って落ちているピンを拾うという仕事——は、つい一年前まで隆子が嬉々としてやっていた仕事であった。が——今の隆子にとって、これは屈辱にも似ていた。

金で縁取りした鏡の中では、戸田夫人が目を細めて、フランス製のリボンレースで作ったカクテルドレスを眺めている。

「綺麗ねえ。こんな布地はフランスだって、そう簡単に手に入るものじゃないんでしょう?」

「そうなんでございますのよ。これはサントノレで一着分だけあったのを見つけて買いましたんです。奥さまがきっとお気に召すと存じまして」

「やっぱりそのくらい趣味や傾向の分ってくれる人に作ってもらうのでなければドレスなんて駄目ね。だから私、この一年ばかり一つも作らないで我慢して、あなたの帰ってくるのを待っていたのよ」

「お待ち遠さまでございました」

「本当よ。その間に、まあパルファンという名があっちこっちに出るじゃないの？　昨日出てきた女優が、パルファンを我物顔して喋っているのを読んだときは情なかったわ」

「申訳ございません。留守の人たちでは断りきれなかったのでございますわ。誘いにのったら、あとは勝手に騒ぎたてるんでございますものね」

「ジャーナリスティックに名前を売ろうと思えば簡単な時代ですからね」

「はあ。私も実は驚いておりますの。かと云って、後へは退《ひ》けませんし」

「西竹デパートでショーをやるんですって？」

「よく御存知でいらっしゃいますこと」

「案内状が来ていたのよ。あんなもの開けてみたこともなかったんだけど、娘が何気なく見て、あらあらパルファンが、って云ったきり呆《あき》れていたわ」

「プレタポルテでございましょう？」

「いやあねえ、既製服だなんて。まさかあなたのアイデアだとは思わなかったけど」

「留守中は仕方がなかったのでございますよ。若い人たちには、プレタポルテでも魅力的な仕事なんでございますもの」

隆子は身をよじって叫び出したかった。冴田絵理子を使って映画とタイアップする仕事も、プレタポルテの計画も、総《すべ》ては松平ユキの発案によるものだったのではないか。パリへ出かける直前に、隆子に初耳だったプレタポルテという言葉を教えたのはユキだ。隆子はただ松平ユキの設計図に従って、レールを敷き、その上を走り出していたのにすぎない。

隆子は思わず顔を上げて松平ユキを見たが、知ってか知らずにか、ユキの手許からは振落とすように虫ピンがパラパラとこぼれ落ちる。隆子は屈辱の想いに浸りながら、針拾いを続けなければならなかった。パルファンはお客を絶対のものとしているから、客の前ではユキに楯《たて》つくことができないのである。

御機嫌の戸田夫人がようやく帰ったあと、隆子は松平ユキに向き直った。

「先生、お話があります」

「ああ隆子さん、気を悪くしたんでしょう？　ご免なさいね。でも、ああ云うより仕方がないのよ。まさか今までのお客さまに向って経営方針を変えましたのでとは云えないんですもの」

ユキはさりげなく笑って隆子の視線をかわすと、さっと自分の部屋に消えて中からドアを閉めた。

玄関から戻ってきた信彦が、隆子の横をすりぬけるようにしてそのドアを叩き、

「姉さん、僕だよ」

「ああ、どうぞ」

隆子を顧みもせずに中へ入った。客には逆らえなかったのだから仕方がないのよ、ご免なさいねと笑って云われれば、その通りには違いなかろうと思うものの、何かユキの態度にも、信彦の様子にも、隆子の心にはひっかかるものが多く、ユキが帰って以来というもの隆子は怏々《おうおう》として楽しまなかった。

松平ユキと二人きりで話してみたいと隆子は焦《じ》れたが、何分にもユキが帰るともしらずに一人で仕事を抱えこみすぎていたことと、ユキの作品が割込んで縫製室は一層殺気だち、隆子もミシンかけからへムのまつりつけまでやらなくては間に合わない有様で、話しあうための余裕ある時間がどうにもみつからない。たまに機会があれば、ユキの方でまるで躰をかわすように避けてしまうのである。

そうこうするうち、女優の鳥尾文子がショーの前日、パルファンに現れたのだ。

「お仮縫です」

久世寿子にそう呼ばれて、磁石を片手に階段を駆けおりると、鳥尾文子は金縁の鏡の中で、艶然《えんぜん》と笑っている。が、その姿を見たとき隆子は息を呑《の》んだ。

殆《ほとん》ど白に近い淡い淡いブルーのレース。まるで霞《かすみ》に雪の結晶が散りかかったような微妙な模様。繊細な糸を使い、丹念に器用な指先で織上げたような豪華なベルギアン・レース！　頭にかけるヴェールも、裾《すそ》の豊かなトレーンも、共布をふんだんに使った、この上なくゴージャスな――それはウェディング・ドレスだった。

咄嗟《とっさ》に隆子は鳥尾文子が近く結婚式を挙げるのだろうかと疑ったが、鳥尾文子の結婚ならジャーナリズムが黙っている筈はないと思った。では、映画の中で、この衣裳《いしょう》を着るというのだろうか。が、次の瞬間、隆子は呼吸が止まるかと思った。こんな会話が聞こえてきたのである。

「ファッション・ショーなんて何年ぶりかしら。若い頃はよく駆り出されたものだけど」

「まあ、今がお若い頃じゃございませんの」

「三十一よ。ウェディング・ドレスなんて恥かしくって着られないと思ってたけれど、流石に松平先生だわ。こんな素晴らしいのを着られるとは思わなかったわ。本当に結婚したくなっちゃったわ」

「御結婚のときは、もっと素晴らしいのを作らせて頂かなくちゃ」

「そのときはお願いね。でも、相手を探さなくちゃ駄目ね。大変だわ」

「お相手なら、お探しになるまでもございませんでしょう」

「ううん、本当にいないのよ。それより、これ、明日だったわね」

「はい。午後一時が開始時間でございますので、よろしくお願い致します。西竹デパートは大喜びでございますのよ」

鳥尾文子が、明日のファッション・ショーに出る！　しかもウェディング・ドレスを着て！

フィナーレには冴田絵理子が、隆子の仕立てた純白のウェディング・ドレスを着て出演するというのに、ユキは鳥尾文子を、冴田絵理子と並ばせるつもりなのか！　同じウェディング・ドレスを着せて！

松平ユキがパリで見つけてきた豪華なレースと、日本製の化繊と絹の混紡の布地。鳥尾文子と冴田絵理子。貫禄《かんろく》のある大女優と、若手第一線の女優との対比ばかりでなく、松平ユキと清家隆子のデザインの対決――。同じウェディング・ドレスで、ユキは隆子に闘いを挑むつもりなのか！

「先生！　鳥尾さんは、明日のショーに……？」

碌《ろく》に言葉にもならない想いで詰問すると、ユキは鳥尾文子の脱いで帰ったドレスを満足げに愛《いと》おしみながら、

「そうなのよ。パリでお会いしたとき約束して下さったの。無料出演だといったら、西竹デパートじゃ大変に喜んで下すったわ。も一つ景気のいい感じでしょう？」

あどけない目をして、喉をコロコロと鳴らして笑うのだった。

隆子は、次第に自分の顔から血の気がひいて行くのを感じていた。

そして、ショーの当日、もう一人色蒼《いろあお》ざめた女がいた。冴田絵理子であった。

楽屋へ入って行くと、家からもうメーキャップして来た絵理子が、

「清家さん」

すぐ手招きし、

「鳥尾さんが出るんですって？」

と訊くのだ。

「そうなんですの、突然。私も驚いてますのよ」

「何を着るの、あのひと」

「は？」

「あなたのデザインしたドレス？」

「いいえ、松平先生のものです」

「そう」

みるみる冴田絵理子の表情は険悪になった。

「約束が違うわよ」

「え？」

「鳥尾さんが出るとは聞いてなかったわよ、私。まして鳥尾さんが松平さんのデザインを着るなんて！　布地はフランスのものだっていうじゃないの！　カクテルドレス？　それとも夜会服？　ねえ、清家さん、鳥尾さんはいったい何を着るの？」

日本橋にある西竹デパート本店の一階中央ロビーには、事前の宣伝がきいて午前中から若い人々が一杯に詰まっていた。プレタポルテを売出すためには招待制のファッション・ショーよりも、一般向きで大がかりなショーの方がいいとあって、宣伝部は会場を一階から二階へ通じる正面階段にきめていたのである。それはアメリカ映画の豪華な大邸宅の大広間と似ていた。大きなシャンデリアが二階の天井から長く眩く垂れ下っている。階段の幅は少女歌劇の階段舞台にも似て広く、手摺《てす》りの意匠も凝った華やかなものであった。

階段は途中で二つに分れて、左右に伸びていた。その中央の踊り舞台がそのまま今日のパルファンのショーの檜舞台《ひのきぶたい》なのである。

チャイムが鳴って、

「御来店の皆さまにご案内申上げます。ただ今から西竹デパートとオートクーチュール・パルファンがお贈りいたしますプレタポルテ――プレタポルテのファッション・ショーを一階正面ロビーにて開催いたします。ただ今から西竹デパートとオートクーチュール・パルファンがお贈りいたしますプレタポルテ――プレタポルテのファッション・ショーを……」

店内アナウンスが始まった。軽やかな音楽が流れ出す。

外国語の分る人ならば、オートクーチュールとプレタポルテとファッションという繋《つな》がりようのない言葉の羅列《られつ》に吹き出したかもしれないのだが、アナウンスは何のためらいもなく堂々と無表情で、幾度も同じ文句を繰返し、デパートの中にいる人々は聞きなれないプレタポルテという言葉に耳をそばだて、ファッション・ショーと分ると好奇心を持って、続々とロビーに集ってきていた。

二階の事務所に急造された楽屋には、緊張感が漲《みなぎ》っていた。パルファンの縫い子たちも、殆ど全員が出て来ていて、それぞれ何点かのドレスの責任を持ち、モデルに着せては、モデルの持参の靴やアクセサリーと合わせて点検している。

「五分前です。時間通りにあけますから」

デパートの係が大声で怒鳴る。

「はい、どうぞ」

松平ユキの明るい返事。

ものなれたモデルたちは、鏡の前に立って、さまざまなポーズをつけ、隆子とユキの二人に最後の点検をうけた。

「はい、結構よ。よろしくね」

ユキは落ち着いていて、余裕たっぷりにモデルたちに微笑しているが、隆子は表情をひきつらせていた。

日本製の布地を使い、プレタポルテという制約を持っているとはいえ、かなりショー向きにアレンジした筈のデザインが、いま松平ユキの作品と肩を並べている——楽屋で見ても、隆子には自分と松平ユキの実力の差がはっきりと見えるのであった。

「さ、清家さん、あとは皆さんに任せて、私たち正面から見てみましょうよ」

松平ユキは余裕綽々《よゆうしやくしやく》として誘ったが、

「お後から参ります」

隆子は唇を震わせて、ようやくそう答えることができた。

隆子の方は、それどころではなかった。いくら前日に舞台稽古《ぶたいげいこ》はすませているといっても、馴《な》れたモデルが着る順序を間違えることはないといっても、まだ一つ一つのドレスに心残りが多くて、着せてみると衿の形が思ったようでなく、裏からかくし躾《しつけ》をかけてみたり、そっとピンを打ってみたり、隆子はモデルの後をついて廻って、未練がましくドレスをいじり続けた。モデルたちは露骨に眉《まゆ》をしかめて、うるささそうな顔をしたが、それをかまう余裕さえ失われていた。

「一九六一年のモードを決定するプレタポルテ。西竹デパートのプレタポルテは、特にオートクーチュール・パルファンに依頼して、パリの香気を直輸入して皆さまにお贈りするものでございます。プレタポルテの第一番目から五番目まで、どうぞ皆さまのお目でごゆっくりと御鑑賞下さいませ」

楽屋にも、表のアナウンスが聞こえてくる。音楽に合わせて、モデルたちが階段を上り下りしている筈であった。

「一九六一年のモード、プレタポルテ、たった今からでもあなたがお召しになれる高級既製服でございます。お気に召したものを、御指示下されば、それだけであなたのサイズぴったりのものがお求め頂けます」

解説しているほどは品数が揃っていないのだけれども、プレタポルテ本来の解説とすれば間違いはなかった。

宣伝部がいっていたように、解説は一つ一つのプレタポルテにはつかなかった。モデルたちは、一つのドレスを衿やベルトの変化で幾通りにも着られる様子を黙って実演して見せている筈であった。

「マロニエの葉かげで憩う午後の服――パリの呼吸がそのまま伝わってくるようなドレスは、オートクーチュール・パルファンの松平ユキの作品です。今日のショーには特に松平ユキのパリ土産《みやげ》を御披露いたしております」

遠く、パチパチと拍手が聞こえた。

「松平先生の声じゃないわね」

「そうよ。先生はどうしても嫌だと仰言ったので、宣伝部の方でみつけてきたんですって」

「仲々上手じゃないの」

「新劇の人ですってよ」

「あらそう」

こんな会話が背後で聞こえた。みんな手を止めて耳を澄ましているのだ。

隆子は唇を噛んだ。自分で解説をする分には、これほど松平ユキ、松平ユキと名前を繰返すことは出来ない筈であった。そう思うと何もかも計算の行届いている松平ユキの落ち着きぶりが心憎い。

「清家さん、冴田さんがお呼びですよ」

呼ばれて隆子は自分を取戻し、特に冴田絵理子のために衝立《ついた》てで区切ってあるところへ顔を出した。

「失礼いたします」

「来る道で見たわよ。凄い人ね」

「おかげさまで前評判だけでもあれだけ集ったのですから、私どもでも大張切りですわ」

「ぶっつけだけど大丈夫かしら、心配になっちゃったわ。階段降りるのって、演技としてはとても難しいのよ。足許に気をつけると、どうしても表情がお留守になるでしょう?」

「大丈夫でございますよ。音楽がスローテンポですし、お召し頂くものがウェディングですから、荘重にお運び頂けば」

「荘重にね」

冴田絵理子の機嫌は悪くなかったが、家からしてきたメーキャップを鏡の前で改めながら、

「鳥尾文子さんは?」

ときいた。

「はあ、まだ……」

「あら私の方が早かったの」

そんなことでも気にさわるらしかった。

「いえ、もう見えてるのかも分りませんわ。私は気がつきませんでしたけれど」

「出番はどちらが先……」

「それは冴田さんにと……」

「嫌よ。とんでもないわ。世間できいてごらんなさいよ。パルファンと冴田絵理子は切っても切れないのよ。私が真打でないのなら、今から帰るわ」

絵理子の目の中には闘志が漲っていた。脅しでなく、本気で帰る気があるらしかった。女優として、鳥尾文子には負けていられないという意志が、作品の一番最後を飾るのでなければ出演を拒否するというのだ。

「仰言る通りに致しますわ。どうぞ帰るだなんて、そんなことはお考えにならないで下さいませ」

すぐ低い姿勢になって、ともかく納めて衝立ての外に出たが、隆子は額に汗をかいていた。困ったことというのは重なるものなのだろうか。

隆子は小走りに会場の方へ出て、松平ユキの姿を探した。階段の下も、二階の手摺りの向うにも、若い人たちが一杯に詰まって、息をひそめてショーを見守っている。その中から、躰の大きくない松平ユキを見つけるのは大変だと思った。

だがユキは、一階の売場の一隅で、遠くからショーを見守っていた。一人ぽつんと立っていたので案外見つけ易《やす》かった。

「先生ッ」

「どうかなさって、清家さん」

「冴田さんが、どうしても一番最後でなければ出るのは嫌だと仰言るんです」

「そう」

「それでなければ帰ると仰言るんです」

「どうぞ」

「え？」

「よろしいようになすっていいわ」

「………」

ユキはころころと喉を鳴らして笑った。

「何を驚いているの、清家さん。私の方は順序なんかどうでもいいのよ。冴田さんもあなたも、お気の済むようになさって頂だい」

云い方がひどく気になったが、ともかく、順序が願った通りになったのだから、隆子の方で文句の云いようはなかった。進行係にこの変更を通さなければならなかったし、楽屋でまだする仕事が残っていた。何より冴田絵理子の着付という大物がある。

急ぎ足の隆子の背に、浴せるように作品解説が聞こえていた。

「これはパリを夢みる人々に松平ユキがお贈りするカクテルドレスでございます。薄いジョーゼットを七枚もかさねた、サロメを想わせる色合は、松平ユキ会心のデザインでございます」

階段を上り下りしたモデルたちは、楽屋に戻ると急いで次の作品と着替える。その度に靴も帽子も首飾りも取換えるのだから、大変な騒ぎだ。

グリーンのワンピースにはベージュ色の靴。黄色いスーツには黒いエナメルのハンドバッグ。シルバー・グレーのドレスに赤い硝子《ガラス》のネックレスとブレスレット――。組合わせると鏡の前に立って、くるりと廻ってみせてからモデルたちはまた楽屋を飛出して行く。

騒ぎを縫って隆子は奥の衝立ての中に飛込むと、冴田絵理子は純白のドレスを着終って、首飾りは長いのにしようかチョーカーにしようかと迷っているところだった。

「あ、清家さん、どっちがいい?」

最初の予定ではチョーカーで、ごく清楚に着てもらいたかったところなのだけれど、隆子の脳裡《のうり》には先夜見た鳥尾文子のウェディング・ドレスが残っていて、急に考えが変ってしまった。

「その五連のネックレスがよろしいと思いますけど」

「これ?」

宝石箱に残っていた分を指さされて冴田絵理子は驚いたらしかったが、訊いた以上はデザイナーの意見に従うのが女優の習慣だった。飾りけのないタイトなドレスには少し重すぎる首飾りをつけた絵理子は、それでも新しいものを着る喜びでようやく浮立ってきていた。レモンの花を飾ったチュールのヴェールを腰まで長く垂らすと、

「いいじゃない？」

あっちを向き、こっちを向きしてみて、隆子を振り返るとにっこり笑った。

「鳥尾さんは、どんなドレス？　清家さんは見たんでしょう？」

「はあ、ちょっと」

「どんなだった？」

「よく見たわけではありませんけど、水色でしたわ」

「水色？」

冴田絵理子は大仰に目を剝《む》いて驚いてみせた。

「色のついてるウェディング・ドレスって……、いやだわ、再婚用じゃないの！」

気の利いたことを云ったものだと自分で思ったのだろう、絵理子は大きな口をあけて派手に笑い出した。

間もなくショーの初日第一回のフィナーレが近づいていた。もう後に気がかりなことはないので、隆子は階下におり、先刻松平ユキがしていたように群衆の背後に立って舞台を見ることにした。

ウェディング・マーチが高らかに鳴り響くと、右の階段から静々と鳥尾文子が現れた。白に水色の花飾りをつけたフラワーガールが二人、前を歩き、その後からあえかな水色をゆらめかせて鳥尾文子が中央の舞台に立つと、解説も待たずに拍手が湧《わ》き起った。それはこれまでの松平ユキの作品の幾つかに送られたものを、最後にとりまとめたような盛んな拍手であった。溜息《ためいき》があちこちから洩《も》れ、会場は香水を撒《ま》いたように噎《む》せ返った。鳥尾文子は観衆の反応を落ち着いて見確かめたのか、にっこりと微笑《ほほえ》むと、踵《きびす》を返して左の階段を上がって戻り始めた。

最後に、冴田絵理子が、独りで右の階段から降りた。彼女は既に鳥尾文子の豪華なドレスも、フラワーガールを従えていたことも見ていたし、観衆の拍手も耳に止めていたに違いない。心もち蒼ざめた顔と、怒ったような強い目は、緊張と闘志を表していた。

アナウンスが慌てたように、云った。

「モデルは、冴田絵理子さんでございます」

解説は、無い。パラパラとまばらな拍手が起って、すぐ消えた。

それは清家隆子ばかりでなく、冴田絵理子にとっても無惨な敗北に違いなかった。鳥尾文子の大女優としての貫禄に、彼女が敵《かな》わなかった――まばらな拍手は残酷なまでにそれを示していた。シンプルなドレスの胸に五連も下った真珠のネックレスがまるで野暮ったく、全体のトーンをぶちこわしているのに、彼女は気がつかなかった。舞台でたいしたポーズもとらず、まして鳥尾文子のように微笑することもせず、絵理子は左の階段にかけ上がった。

フィナーレに全員が舞台に現れたとき、冴田絵理子の姿はなかった。鳥尾文子はベールをとり、かわりに大きな花束を持って舞台に戻ると、アナウンスは松平ユキの名を呼び、一際盛大な拍手の中で、栄光の花束はユキの胸許にはえていた。

誰も、清家隆子の名は呼ばなかった。このショーの作品の半分以上が、隆子のデザインだということなど、誰の記憶にも止《とど》まらなかった。

冴田絵理子は楽屋に馳《か》け戻ると、剝《は》ぎとるようにウェディング・ドレスを脱いで、断りも云わずに帰って行ってしまったらしい。衝立ての中には、つくねたドレスがあるばかりで付人の影もなかった。

第一回のショーから第二回のショーまでの間に一時間半ほどの暇があった。隆子はもう眩暈《めまい》がするほど疲れてしまっていたが宣伝部の係が作品に対する一般の反応をメモして持って来たのを、松平ユキと二人で見るという仕事があった。問題にならないほどユキの作品に人気がある。

「松平先生のものをプレタポルテと思い違えてる人が多いんですよ、やっぱり。早速注文があったのは、大方が松平先生のもので、同じことを説明するのに大汗をかきましたよ」

係の男は隆子も弟子だからユキの人気を喜ぶものとでも思っているのか、隆子に少し

の遠慮もなく云うのであった。ユキは、返事のかわりに例の調子でコロコロと笑ってい
た。

話が終ると、

「ジュースやコカコーラを、そうね、三ダース持って来るように頼んで頂けません？

うちの人たち喉が渇いてると思いますの」

と、ユキは頼んで楽屋に戻った。

「大成功でおめでとうございます」

小鷹利とも子と久世寿子が、入ってきたユキに云って頭を下げた。

「おかげさまよ。有難う。いまジュースが来ますから、それで乾杯しといて頂だい」

「清家さん」

久世寿子が、ユキの背後にいる隆子に、

「冴田さんがお帰りになったようだけど、代りのモデルさんは誰かに頼んだの？」

「いいえ、まだ」

「パンフレットのナムバーにあるのだから落とすわけにはいかないでしょう。とりあえ
ず山田陽子さんにでも頼んだら？　似た背格好だから」

「ええ」

「それにしても冴田絵理子って無責任ね、フィナーレにも出なかったじゃないの？」

いつの間にか鳥尾文子がコカコーラのコップを手にして、みんなの仲間入りをしていた。

「あら、冴田さん帰ったんですって？　どうして帰ったの？　急用？　変ねえ」

昼の端に冷笑をたたえながら、隆子とユキの顔を等分に眺めまわした。

「パルファンなら私のものだからって、大変に張切って下さっていたのに、どうなさったのかしらね。清家さん、あなたも知らないの？」

松平ユキは、これは顔のどこにも意地悪な翳《かげ》も見せずに訊くのである。隆子は躰がぶるぷると震えるのを感じていた。

「でも大成功で、よかったわ」

鳥尾文子が、云った。何が、でもなのか、隆子には分らなかった。話題が変ったのだと一瞬思ったのだったが、次のユキの言葉は隆子を芯《しん》から動顛《どうてん》させた。

「ええ、清家さんも、これで新しい出発ができるというものよ。そうでしょう？」

隆子は驚いて、ユキを見上げて、訊いた。

「新しい出発って、なんのことでしょうか」

「あら、いやだわ清家さん。私、相島さんに聞いたのよ。あなた、お店を出すんですってね、おめでとう」

どんな成行きになることかと、部屋の中の人々はみんな息を止めて聴いているところだった。おめでとう、というユキの言葉に、幽《かす》かなどよめきが起って、消えた。隆子の全身の血が一時に凍った。ウワーンと部屋が唸《うな》る。耳鳴りであった。天井が落ちてくるかと思い、隆子は目を瞑《つぶ》った。涙も出なかったし、咄嗟にユキに向って何を云い返すことも思いつかなかった。今、何事が起ったのかも、隆子には分らない程であった。

「すみません、松平先生。インタビューをお願いしたいんですが。新聞も雑誌も一緒にかためました。皆さん、この部屋の方が感じが出ると仰言いますので、三十分と限りましたが、お願いします」

デパートの係の男を先頭に、衣生活担当記者たちが楽屋になだれ込んできた。まだモデルたちが着替えに楽屋入りするには時間があるので、男子禁制の必要はなかった。

松平ユキはカメラマンたちの指令通りに、ドレスを着せてあるボディの前に椅子を置いて腰を下ろし、記者たちの質問に答え始めた。

「パリからお帰りになったばかりだそうですね？」

「そうなんですのよ。一週間前に戻りましたの。それからは碌に眠っておりません。いえ、ドレスのデザインは全部きめてから帰って参りましたんですけれど」

「大成功で、おめでとうございます。今後はプレタポルテを中心にお仕事をなさいますか」

「はあ、おかげさまで皆さまの御支持を頂けるようで喜んでおりますが、私としましてはお客さま本位のオートクーチュールの線は崩さないつもりでございます。ただし西竹デパートさんのお勧めもございますので、プレタポルテと二本建てということになると存じます。縫製工場も建増す計画で、これからまた大忙しになりそうですのよ。鳥尾文子さんの映画衣裳もお引き受けすることになりましたし」

佇《たたず》んでいた隆子は、今日までの自分の役目をまざと見せつけられたような思いでいた。仮縫――私は新しいパルファンの仮縫をしただけではなかったか！　映画への進出。デパートとの提携。プレタポルテ……。

そして今、隆子が彼女の指先に懸命の力をこめて仮縫したあとを、松平ユキの美しい金の鋏《はさみ》がパチパチと鮮やかに動いて、次々と糸を切り、ピンを打直して補正しているのだ！　仮縫のシロモは、ズタズタに切られ、抜かれ、床に捨てられて行く！

相島さんに聞いたのよ！　あなた、お店を出すんですってね、おめでとう！

満座の中でこう云われたことを、隆子はようやく判然と思い出すことができた。それは今、こう言葉を変えて聞こえてくる。さあ、仮縫は終ったわ。あなたの役は済んだのよ。いつでも出て行って頂だいな。おめでとう！

午後三時と五時と、その日は一日に三回ものショーがあった。冴田絵理子は欠けたけれど、ショーの成果は少しも変らなかった。

「松平ユキがデザインしたパリのモード」

「華やかなパリの幻想——松平ユキのデザインでございます」

「これこそ松平ユキが自信を持っておすすめする今年のモード」

「松平ユキが……」

「松平ユキは……」

解説は憚《はばか》りもなく松平ユキの名前を連呼していた。

隆子は楽屋の中で右往左往しながら、アナウンスに耳をふさぎ、冴田絵理子のようにこの場から逃げ出せたらどんなに楽だろうかと思っていた。が、隆子は自分の作品を放り出すことは出来なかった。仕事にとりついたものの業《ごう》が、もうこんなところから始まっている。

こんな苦渋の時間に唇を噛みしめて耐えようとしていた女が、前にも居たことを隆子は思い出した。小式部クミ！　そうだ小式部クミも同じ言葉で退けられたのではなかったか！　満座の中で、独立するそうだがと云われたときの、血の気のひいた小式部クミの顔を、隆子は思い出した。呼吸の止まる思いだった。同じことが、また起ったのだ。松平ユキにとっては、ただ同じことが起ったというだけのことではないのか。だがしかし、小式部クミにとっても、清家隆子にとっても、これは二度とは繰返せない重大な出来事だった。

私は一介の縫い子でしかなかったのだ。新しいパルファンを仮縫するだけの……。

このもの悲しい反省は、隆子自身が松平ユキたちの手によって無責任に仮縫されている事実には迂闊《うかつ》だった。

その夜、蒼惶《そうこう》として隆子は街に出ていた。両手には、踵《かかと》の細いハイヒールには耐え難いほどの大きな荷物を提げていた。パルファンに置いてあった隆子の所有品一切を、三つのバッグに詰込んで出てきたのだ。そうだった、出てきたのだった。

夜も晩《おそ》ければタクシーには困らないのだけれど、あいにく七時にならない頃だったので、どのタクシーも客を乗せて隆子の横を素通りしていた。パルファンでは今頃、松平ユキを中心に、全員の慰労会のための会食が始まっている頃だ。後始末して出て行く隆子に、誰も声をかけなかったのが思い出される。しかし文句を云う筋はなかった。小式部クミの失脚を、誰よりも喜んだのは隆子自身だったのだから。

霞町の都電の停留所の近くを十分もうろうろしてから、ようやく空車を見つけた。手をあげて止め、シートに腰を下ろすと、ぐったり全身が疲れているのが分る。

「どこへ行きますか」

「あ、伊皿子へ」

「魚籃坂《ぎょらんざか》の方ですね」

「ええ」

パルファンでは今まで忙しかったのと、人目を憚ったのとで、電話をかけることもできなかった。何よりユキが相島から隆子の野心を聞いたと云った事実を確かめたかった し、こんな場合に感情を叩きつけることのできる相島が欲しかった。相島はまだ帰って いないかもしれなかったが、アパートのキイは持っていたから、画廊の方へ電話をかけ て、帰って来るまで寝転んで待とうと思っていた。

彼のアパートの前で車を降り、入口からずっとエレベーターの方へ歩くと、背後から 受付の硝子戸があいて、

「モシモシ、何処《どこ》へ行かれますか」

守衛に呼びとめられた。もう顔見知りで、隆子が相島のところへ来ていることは知っ ている筈の男だったのに、妙なことを云う。

「六〇四号室だわ」

「相島さんでしたら、もう此処《ここ》には居《お》られませんよ」

隆子は耳を疑った。

「何処へいらしたんです?」

「外国ですよ。世界中おまわりになるんだそうで……。御存知なかったんですか?」

「それ、いつのことですの」

「四日になりますね、今日で」

「そうですか」

隆子は、両手に提げているものが、急に何十倍という重さに変って行くのを感じた。床におろして、ハンドバッグの中から相島の部屋のキイを取出すと、黙って守衛の前に置いた。

「あなたがお持ちですか。相島さんが失《な》くしたと仰言ったもので、今日鍵をつけ変えたばかりですよ。無用心ですからね」

うちのめされて、隆子は再び戸外へ出た。今度もおいそれとタクシーはつかまらなかった。

相島昌平が、画廊でやりだした名画の複製品の販路をひろげるためにアメリカへ飛んだことなど、隆子は想像することができなかった。何処へ何をしに行ったのか分らなくても、隆子を捨てたことだけは、いやでも思い知らなくてはならなかった。画廊の方へ電話をする元気は、今の隆子には失われていた。

松平ユキが、せめてプレタポルテの差配だけでも私に残してくれていたら。相島昌平が、せめて小さなメモでも隆子に残してくれていたら。

未練に思わないでもなかったが、恨んだり、怒ったりすることも、今はできなかった。隆子にパルファンを自分のものにしようという野心があったのも事実だし、それができないなら独立して店を構えようと思ったのも本当で、相島にそう云ったのも本当のことなのだから、仕方がなかった。相島が、どういう工合に松平ユキにその話を告げたのか、それは分らなかった。案外ユキの方で察して、カマをかけてきたのかもしれなかった。が、そんなことも、もうどうでもよかった。ユキにカマをかけられただけで、隆子はもう居たたまれなかったのだ。その事実だけは、どんなことがあっても動かせなかった。

大人って、凄いなあ……。

隆子はやがて感嘆していた。松平ユキも、相島昌平も、隆子には計りしれない一面があって、強い人たちだったと思う。

そこへ行くと、信彦は……。と考え移して、隆子は愕然《がくぜん》とした。

あの人の云ったことは、みんな本当だった……。あの人が、私に近づいたのも、途中で裏切るように遠のいたのも、考え方が手にとるように分って、私には今でも一番よく理解できる。考えてみれば、信彦の忠告通りのことが起って、云った通りの結果になったのではないか。——隆子は思い上がって、信彦が隆子を利用することだけ考えていると一概にきめつけていたが、案外もっと彼を利用すべきかもしれなかったのだ——。

が、後悔しているわけではなかった。隆子は重い荷物をぶら下げながら、いつまでも歩き続けていた。偶々《たまたま》空のタクシーが通ることもあったが、気がつかなかった。

私のこの重いバッグの中には、パルファンにいた歳月に得たものが一杯詰まっている。第一に、縫い子の技術。第二に客あしらいの技術。第三に経営について。それから大人というものの実態。男というものの二つの型。それから……。

私はやっと仮縫が終ったばかりなのだ。これから、この経験にもとづいて、しっかり補正をするのだ。それから念入りな仮縫をもう一つして、要所要所の補正をして、本縫いして仕上げるまで——隆子の人生には何が起るだろう。

隆子は、ほんの少し疲れていたけれども、そんなものは今晩と明日と寝て過せば、ケロリと癒《なお》ってしまうにきまっていた。それは誰よりも隆子自身が知っている。家に帰って、すぐ眠ろうと思いつくと、ようやく気が楽になってきた。

解説

森　英恵

有吉佐和子さんとは、時折、食事をしたり、おしゃべりを楽しんだ。いつ頃初めてお会いしたか定かではないが、私がニューヨークで仕事をしていた一九六〇年代後半から七〇年代初めのような気がする。共通の友人であるジャーナリストに紹介され、同じ東京女子大学の後輩ということもあり親しくなった。

作家という、人間を追究する仕事をされる方だから、知的でとてもシャープだった。強い人なのに、さわやかな雰囲気が今でも思い出される。趣味のいい女性で、茶の湯に造詣が深かった。娘の玉青さんのことを気にかける、いいお母さんの顔もよくのぞいた。私が疲れたときに滞在するホテルオークラを紹介したら、いつの間にか、執筆に入られるときには、そのホテルにこもられることが多くなった。

古典芸能や歴史に題材をとったものから、現代の社会的なテーマのものなど、広範囲にわたる知的な関心の高さ、洞察の深さ……素晴らしい作家だった。

小説『仮縫』は一九六三年に書かれており、有吉さんと私のそんな交流が生まれる以前の作品だ。翌年の東京オリンピック開催に向けて、日本中が走っていた時代。私は、一九六五年にニューヨークで海外初の作品発表会を開くと決めて、忙しく準備をしている時期だった。その頃、この作品を読んだ記憶はない。親しくなってからも、お互いの作品について、具体的に話すことはなかったと思う。

有吉さんが亡くなられて三十年になる今、『仮縫』を読んだ。最初に感じたのは、五十年も前に書かれたものとは思えないほど新鮮で、とにかく面白い。

清家隆子という洋裁学校に通う若い女性が、当時、日本に一軒だけというオートクチュールの店「オートクーチュール・パルファン」の松平ユキにスカウトされて、彼女のもとで働くようになり、上昇志向の強い隆子が走る物語。

女の闘い、女と男の関係、お客とデザイナーの立場、アトリエの中の人間模様、先生と弟子の関係等々……服飾の世界をストーリーとして興味深く構成し、人間関係を細やかに表現して作品に仕上げている。

私は長い間、服を創る側にいて仕事をしてきた。この小説は、アトリエの作業の細部の描写や、デザイナーの資質などについてもよく描けていると思う。

「こういう銀座の変化などを大きく見渡して感じとるようになったのは、隆子自身も自分の変化だと気がつかないわけにはいかない。世の中の動きに敏感でなくては、オートクーチュールの経営者にはなれないのだわ……。

お客様との話題。デザインするセンス。そのためばかりでなく、直接この躰全部に世の中というものの動きを感じるようでなければ、人も使えないし、客も惹き寄せられない」

好奇心旺盛な隆子の心の動きや、成長の階段を上っていく過程が見事に伝わってくる。

もちろん、作家が外から見たひとつの〝仮想〟の世界であって、中にいる人間としては、現実にこんなことはあり得ないと思うところは多い。

アトリエにも仕事の段階があって、チーフもいる。まだ勤めて数年の若い女に、先生がパリに行くから「留守は任せるわ」と言うことなどないし、留守をあずかった一年足らずの間に事業を発展させて、デパートを動かし、映画にも進出……などということもあり得ない。また、八ヵ月ほどパリへ行った先生が、突然、ドレスを十数着、旅行先でつくって持ち帰ってくるというのも考えられない。骨身を削って、築きあげていく職人の世界だから、そんなにたやすい贅沢な業界ではない、と現実の厳しさを思う。

しかし、そんなふうに感じる内側の人間の私でさえ、最後まで面白く読ませる力がある。

この小説の舞台は、日本に一軒だけのオートクーチュールの店という設定だが、パリのオートクチュールは、フランスの政府関連組織による厳しい審査をへて加盟が許され、運営にはさまざまな規則もある特別なところであった。そこで頑張ってきたひとりとして、この機会に、オートクチュールのことや、仮縫について少し補足の説明をさせていただく。

オートクチュールは、手で創りあげるもの。パリで、かつて凝った衣裳を競い合った時代に培われてきたもので、布地や芯地、裏地、刺繍や造花など、それぞれの熟達した職人たちの手で創られてきた。一つのメゾンの中では、〝クチュリエ〟と称されるデザイナーが、それら職人たちの技を用いながら、アトリエのスタッフたちと作品を仕上げていく。

オートクチュールでは通常、仮縫は三回くらい行う。〝仮縫室〟はとても秘密なところ。相手を裸にして、いいところをいかに強調して表現するかを手伝うのが仕事なのだ。仮縫というのは、じっくり相手に向き合って、目的に合わせた装いを創りあげていく。仮縫を重ねるうちに、これにはどういう靴がいいか、ヘアスタイルはどうしようかなど相談も受けながら、トータルに一つの作品が出来上がっていく。

デザイナーは、お客の立場に立ち、自分の美意識を相手に反映させながら、「内面を外に表すもの」を創っていく。仮縫室では他人に見せない個人的なものを見せるわけで、デザイナーというのは、信頼できる対象でなくてはならない。

有吉さんは私のプレタポルテの服を好んで着てくださったが、オートクチュールの仮縫をしたことはない。一九八四年に亡くなられるまで、忙しく仕事をされていたし、私もパリとニューヨーク、東京を一年に何度も往復する生活をつづけていた頃である。

この作品は、清家隆子のエネルギーに引っ張られて読んでいくのが面白い。強い女が描かれている。

「パルファンを私のものにしてしまいたい」

彼女は頑張って、もっと上へ登ろうとするエネルギーのある若い女。些細なことで沈み込むような女性だったら、この仕事はできないかもしれない。隆子はこの世界に向いている。新鮮なものを創っていくというのは執念のようなものがなければやっていけないから、彼女の存在感は、オートクチュールを背景に実にリアルに描かれている。

小説『仮縫』のもう一つの大きな特徴は、仮縫という言葉の捉え方、考え方。有吉さんの解釈が作品の随所に出てきて、この物語を彩っているが、ラストで象徴的に使われている。

「私はやっと仮縫が終ったばかりなのだ。これから、この経験にもとづいて、しっかり補正をするのだ。それから念入りな仮縫をもう一つして、要所要所の補正をして、本縫いして仕上げるまで――隆子の人生には何が起るだろう」

つまり、〝人生の仮縫〟という考え方。私は仮縫をそんなふうに考えたことはなかったが、そういう考え方もあるのか、作家のものの見方はユニークだと改めて感じた。ラストのこの箇所に書かれているのは、確かに一つの服を創りあげていく過程である。でも、それを実際に人生に照らし合わせて考えたら、多分、辛いだろうなと思う。ものを創るということは、そんなふうに計画的に築いていけるものではなく、成功したら次のステップが踏めるという感じなのだ。

私には唐突な〝人生の仮縫〟という発想は、読み返すうちに、面白い考え方だと感じるようになった。

採寸、仮縫、補正、さらに仮縫、さらに補正、本縫い、仕上げまで。人生の仮縫から本縫いへの移行は、それぞれの人の決断ということ。人生に迷ったり、悩んだりしたとき、本縫いして仕上げるまでには、いろんな経験をすればいいのだという勇気をもらえるかもしれない。

隆子は、裏切られても、そこで学んだこと——縫い子の技術、接客、また経営について、大人、男性について、などをバッグに詰めてパルファンを後にした。明日に向かって歩き出す強い女性である。

（もり・はなえ　デザイナー）

有吉佐和子　PhotoMemory

『仮縫』にまつわる思い出

東京女子短期大学時代の自筆スタイルブック。
おしゃれが大好きで、何着かは実際に作ったという。

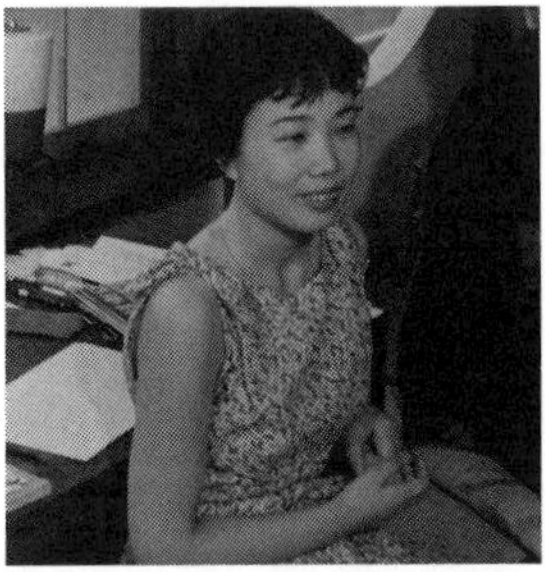

20代後半のころ(2点共)。髪型もスタイリッシュ。

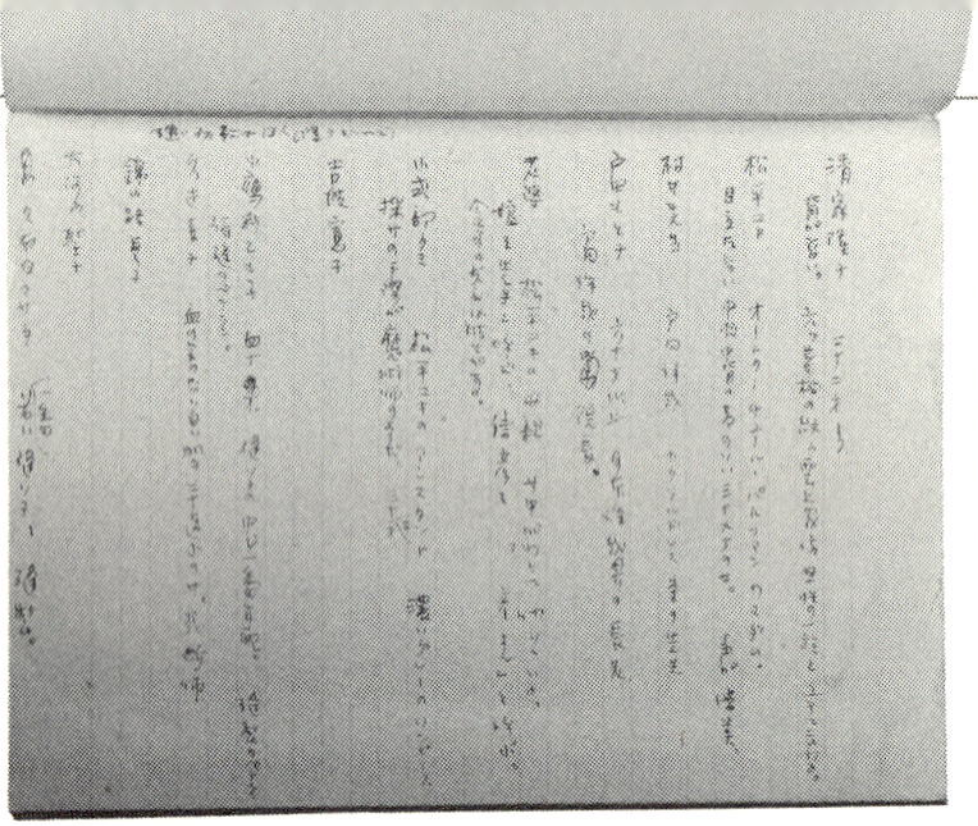

『仮縫』の自筆創作メモ。

『仮縫』は「華麗なる闘い」と改題され、1969年に映画化。内藤洋子が隆子役、岸惠子がユキ役を演じた。映画パンフレットの中面。

1963年11月(32歳)、『仮縫』刊行直後に長女・玉青誕生。

1974年、43歳。HANAE MORIブランドを好んで着用(下も同様)。

1975年『真砂屋お峰』の舞台演出中。

この作品は一九六三年十一月、集英社から単行本として刊行され、八五年四月、集英社文庫として刊行されたものを再編集しました。

写真提供／有吉玉青　柿沼　隆　日本近代文学館
巻末写真デザイン／泉沢光雄

有吉佐和子の本

処女連禱《れんとう》

卒業を間近に控えた女子大生七人。まだ見合い結婚が主流の終戦直後、唯一婚約者のいる祐子の話で盛り上がっていたが——。若い女性の心の葛藤を瑞々しく描いた、著者初の長編小説。

集英社文庫

有吉佐和子の本

更紗夫人

夫を亡くし、更紗染にすがって生きてきた紀代。鋭く的確な助言で、頼りになる年下の新聞記者と、彼女を陰で支える亡夫の友人、男性ふたりの間で揺れ惑う女心——。至高の恋愛小説。

有吉佐和子の本

連舞

日本舞踊の天才を母にもつ異父姉妹。天賦の才を見せる妹の千春の陰で、姉の秋子はひっそりと精進を続けていたが、ある日——。伝統と因襲の中で生きる女たちを描く、波乱万丈の物語。

集英社文庫

有吉佐和子の本

乱舞

日本舞踊の名門梶川流の家元夫人となり、流派を守っていた秋子。だが、家元の急死で、跡目争いが持ち上がり——。『連舞』に続き、舞踊界の裏側の人間ドラマを描いた傑作大河長編。

集英社文庫

集英社文庫

仮《かり》 縫《ぬい》

2014年4月25日 第1刷
2025年6月16日 第6刷

定価はカバーに表示してあります。

著者 有吉佐和子《ありよしさわこ》

発行者 樋口尚也

発行所 株式会社 集英社
東京都千代田区一ツ橋2-5-10 〒101-8050
電話 【編集部】03-3230-6095
【読者係】03-3230-6080
【販売部】03-3230-6393(書店専用)

印刷 中央精版印刷株式会社 株式会社美松堂

製本 中央精版印刷株式会社

フォーマットデザイン アリヤマデザインストア マークデザイン 居山浩二

ISBN978-4-08-745183-2 C0193